アンデルセン

大活字本シリーズ ④

赤いくつ

三和書籍

海外童話傑作選　アンデルセン大活字本シリーズ④

赤いくつ／目次

赤《あか》いくつ

あるところに、ちいさい女《おんな》の子《こ》がいました。その子《こ》はとてもきれいなかわいらしい子《こ》でしたけれども、貧乏《びんぼう》だったので、夏《なつ》のうちははだしであるかなければならず、冬《ふゆ》はあつぼったい木《き》のくつをはきました。ですから、その女《おんな》の子《こ》のかわいらしい足《あし》の甲《こう》は、すっかり赤《あか》くなって、いか

にもいじらしく見《み》えました。

村《むら》のなかほどに、年《とし》よりのくつ屋《や》のおかみさんが住《す》んでいました。そのおかみさんはせっせと赤《あか》いらしゃの古《ふる》切《ぎ》れをぬって、ちいさなくつを、一足《いっそく》こしらえてくれていました。このくつはずいぶんかっこうのわるいものでしたが、心《こころ》のこもった品《しな》で、その女《おんな》の子《こ》にやることになっていました。その女《おんな》の子《こ》の名《な》はカレンといいました。

カレンは、おっかさんのお葬式《そうしき》の日《ひ》に、そのくつをもらって、はじめてそれをはいてみました。赤《あか》いくつは、たしかにおとむらいにはふさわしくないものでしたが、ほかに、くつといってなかったので、素足《すあし》の上《うえ》にそれをはいて、粗末《そまつ》な棺《かん》おけのうしろからついていきました。

そのとき、年《とし》とったかっぷくのいいお年《とし》よりの奥《おく》さまをのせた、古風《こふう》な大馬車《おおばしゃ》が、そこを通《とお》りかかりました。この奥《おく》さまは、むすめの様子《ようす》をみると、かわいそうになって、

「よくめんどうをみてやりとうございます。どうか、この子《こ》を下《くだ》さいませんか。」と、坊《ぼう》さんにこういってみました。

こんなことになったのも、赤《あか》いくつのおかげだと、カレンはおもいました。ところが、その奥《おく》さまは、これはひどいくつだといって、焼《や》きすてさせてしまいました。

そのかわりカレンは、小《こ》ざっぱりと、見《み》ぐるしくない着《き》物《もの》を着《き》せられて、本《ほん》を読《よ》んだり、物《もの》を縫《ぬ》ったりすることを教《おし》えられました。人《ひと》びとは、カレンのことを、かわいらしい女《おんな》の子《こ》だといいました。カレンの鏡《かがみ》は、

「あなたはかわいらしいどころではありません。ほんとうにお美《うつく》しくっていらっしゃいます。」と、いいました。

あるとき女《じょ》王《おう》さまが、王《おう》女《じょ》さまをつれてこの国《くに》をご旅《りょ》行《こう》になりました。人《ひと》びとは、お城《しろ》のほうへむれを作《つく》ってあつまりました。そのなかに、カレンもまじっていました。王《おう》女《じょ》さまは美《うつく》しい白《しろ》い着《き》物《もの》を着《き》て、窓《まど》のところにあらわれて、みんなにご自《じ》分《ぶん》の姿《すがた》が見《み》えるようになさいま

した。王女《おうじょ》さまはまだわかいので、裳裾《もすそ》もひかず、金《きん》の冠《かんむり》もかぶっていませんでしたが、目《め》のさめるような赤《あか》いモロッコ革《がわ》のくつをはいていました。そのくつはたしかにくつ屋《や》のお上《かみ》さんが、カレンにこしらえてくれたものより、はるかにきれいなきれいなものでした。世界《せかい》じゅうさがしたって、この赤《あか》いくつにくらべられるものがありましょうか。

さて、カレンは堅信礼《けんしんれい》をうける年頃《としごろ》になりました。新《あたら》しい着物《きもの》ができたので、ついでに新《あたら》しいくつまでこしらえてもらって、はくことになりました。町《まち》のお金持《かねもち》のくつ屋《や》が、じぶんの家《いえ》のしごとべやで、カレンのかわいらしい足《あし》の寸法《すんぽう》をとりました。そこには、美《うつく》しいくつだの、ぴかぴか光《ひか》る長《なが》ぐつだのがはいった、大《おお》きなガラス張《ば》りの箱《はこ》が並《なら》んでいました。そのへやはたいへんきれいでしたが、あのお年《とし》よりの奥《おく》さまは、よく目《め》が見《み》えなかったので、それをいっこういいともおもいませんでした。いろいろとくつが並《なら》んでいるなかに、あの王女《おうじょ》さまがはいていたのとそっくりの赤《あか》いくつがありました。なんという美《うつく》しいくつでしたろう。くつ屋《や》さんは、これはある伯爵《はくしゃく》のお子《こ》さんのためにこしらえたのですが、足《あし》に合《あ》わなかったのですといいました。

「これはきっと、エナメル革《がわ》だね。まあ、よく光《ひか》ってること。」と、お年《とし》よりはいいました。

「ええ。ほんとうに、よく光《ひか》っておりますこと。」と、カレンはこたえました。そのくつはカレンの足《あし》に合《あ》ったので、買《か》うことになりました。けれどもお年《とし》よりは、そのくつが赤《あか》かったとは知《し》りませんでした。というのは、もし赤《あか》いということがわかったなら、カレンがそのくつをはいて、堅信礼《けんしんれい》を受《う》けに行《い》くことを許《ゆる》さなかったはずでした。でも、カレンは、その赤《あか》いくつをはいて、堅信《けんしん》礼《れい》をうけにいきました。

たれもかれもが、カレンの足《あし》もとに目《め》をつけました。そして、カレンがお寺《てら》のしきいをまたいで、唱歌所《しょうかじょ》の入《いり》口《ぐち》へ進《すす》んでいったとき、墓石《はかいし》の上《うえ》の古《ふる》い像《ぞう》が、かたそうなカラーをつけて、長《なが》い黒《くろ》い着物《きもの》を着《き》たむかしの坊《ぼう》さんや、坊《ぼう》さんの奥《おく》さんたちの像《ぞう》までも、じっと目《め》をすえて、カレンの赤《あか》いくつを見《み》つめているような気《き》がしました。それからカレンは、坊《ぼう》さんがカレンのあたまの上《うえ》に手《て》をのせて、神聖《しんせい》な洗礼《せんれい》のことや、神《かみ》さまとひとつになることと、これからは一人前《いちにんまえ》のキリスト信者《しんじゃ》として身《み》をたもたなければならないことなどを、話《はな》してきかせても、自分《じぶん》のくつのことばかり考《かんが》えていました。やがて、オルガンがおごそかに鳴《な》って、こどもたちは、わかいうつくしい声《こえ》で、さんび歌《か》をうたいました。唱歌組《しょうかぐみ》をさしずする年《とし》とった人《ひと》も、いっしょにうたいました。けれどもカレンは、やはりじぶんの赤《あか》いくつのことばかり考《かんが》えていました。

おひるすぎになって、お年《とし》よりの奥《おく》さまは、カレンのはいていたくつが赤《あか》かった話《はなし》を、ほうぼうでききました。そこで、そんなことをするのはいやなことで、れいぎにそむいたことだ。これからお寺《てら》へいくときは、古《ふる》くとも、かならず黒《くろ》いくつをはいていかなくてはならない、と申《もう》しわたしました。

その次《つぎ》の日曜《にちよう》は、堅信礼《けんしんれい》のあと、はじめての聖餐式《せいさんしき》のある日《ひ》でした。カレンははじめ黒《くろ》いくつを見《み》て、それから赤《あか》いくつを見《み》ました。―さて、もういちど赤《あか》いくつを見《み》なおした上《うえ》、とうとうそれをはいてしまいました。その日《ひ》はうららかに晴《は》れていました。カレンとお年《とし》よりの奥《おく》さまとは、麦畑《むぎばたけ》のなかの小道《こみち》を通《とお》っていきました。そこはかなりほこりっぽい道《みち》でした。

お寺《てら》の戸口《とぐち》のところに、めずらしいながいひげをはやした年《とし》よりの兵隊《へいたい》が、松葉杖《まつばづえ》にすがって立《た》っていました。そのひげは白《しろ》いというより赤《あか》いほうで、この老兵《ろうへい》はほとんど、あたまが地面《じめん》につかないばかりにおじぎをして、お年《とし》よりの奥《おく》さまに、どうぞくつのほこりを払《はら》わせて下《くだ》さいとたのみました。そしてカレンも、やはりおなじに、じぶんのちいさい足《あし》をさし出《だ》しました。

「はて、ずいぶんきれいなダンスぐつですわい。踊《おど》るとき、ぴったりと足《あし》についていますように。」と、老兵《ろうへい》はいって、カレンのくつの底《そこ》を、手《て》でぴたぴたたたきました。

奥《おく》さまは、老兵《ろうへい》にお金《かね》を恵《めぐ》んで、カレンをつれて、お寺《てら》のなかへはいってしまいました。

お寺《てら》のなかでは、たれもかれもいっせいに、カレンの赤《あか》いくつに目《め》をつけました。そこにならんだのこらずの像《ぞう》も、みんなその赤《あか》いくつを見《み》ました。カレンは聖壇《せいだん》の前《まえ》にひざまずいて、金《きん》のさかずきをくちびるにもっていくときも、ただもう自分《じぶん》の赤《あか》いくつのことばかり考《かんが》えていました。赤《あか》いくつがさかずきの上《うえ》にうかんでいるような気《き》がしました。それで、さんび歌《か》をうたうことも忘《わす》れていれば、主《しゅ》のお祈《いのり》をとなえることも忘《わす》れていました。

やがて人びとは、お寺から出てきました。そしてお年《とし》よりの奥《おく》さまは、自分《じぶん》の馬車《ばしゃ》にのりました。カレンも、つづいて足《あし》をもちあげました。すると老兵《ろうへい》はまた、

「はて、ずいぶんきれいなダンスぐつですわい。」と、いいました。

するとふしぎなことに、いくらそうしまいとしても、カレンはふた足《あし》三足《みあし》、踊《おどり》の足《あし》をふみ出《だ》さずにはいられま

せんでした。するとつづいて足《あし》がひとりで、どんどん踊《おど》りつづけていきました。カレンはまるでくつのしたいままになっているようでした。カレンはお寺《てら》の角《かど》のところを、ぐるぐる踊《おど》りまわりました。いくらふんばってみても、そうしないわけにはいかなかったのです。そこで御《ぎょ》者《しゃ》がおっかけて行《い》って、カレンをつかまえなければなりませんでした。そしてカレンをだきかかえて、馬車《ばしゃ》のなかへいれましたが、足《あし》はあいかわらず踊《おど》りつづけていたので、カレンはやさしい奥《おく》さまの足《あし》を、いやというほどけりつけました。やっとのことで、みんなはカレンのくつをぬがせました。それで、カレンの足《あし》は、ようやくおとなしくなりました。

内《うち》へかえると、そのくつは、戸棚《とだな》にしまいこまれてしまいました。けれどもカレンはそのくつが見《み》たくてたまりませんでした。

さて、そのうち、お年《とし》よりの奥《おく》さまは、たいそう重《おも》い病気《びょうき》にかかって、みんなの話《はなし》によると、もう二《に》どとおき上《あ》がれまいということでした。たれかがそのそばについて看病《かんびょう》して世話《せわ》してあげなければなりませんでした。このことは、たれよりもまずカレンがしなければならないつとめでした。けれどもその日《ひ》は、その町《まち》で大舞踏会《だいぶとうかい》がひらかれることになっていて、カレンはそれによばれていました。カレンは、もう助《たす》からないいらしい奥《おく》さまを見《み》ました。そして赤《あか》いくつをながめました。ながめたところで、べつだんわるいことはあるまいとかんがえました。──するど、こんどは、赤《あか》いくつをはきました。それもまあわるいこともないわけでした。──ところが、それをはくと、カレンは舞踏会《ぶとうかい》にいきました。そして踊《おど》りだしたのです。

ところで、カレンが右《みぎ》の方《ほう》へ行《ゆ》こうとすると、くつは左《ひだり》の方《ほう》へ踊《おど》り出《だ》しました。段段《だんだん》をのぼって、げんかんへ上《あ》がろうとすると、くつはあべこべに段段《だんだん》をおりて、下《した》のほうへ踊《おど》り出《だ》し、それから往来《おうらい》に来《き》て、町《まち》の門《もん》から外《そと》へ出《で》てしまいました。そのあいだ、カレンは踊《おど》りつづけずにはいられませんでした。そして踊《おど》りながら、暗《くら》い森《もり》のなかへずんずんはいっていきました。

するとき、上《うえ》の木立《こだち》のあいだに、なにか光《ひか》ったものが見《み》えたので、カレンはそれをお月《つき》さまではないかとおもいました。けれども、それは赤《あか》いひげをはやしたれいの老《ろう》兵《へい》で、うなずきながら、

「はて、ずいぶんきれいなダンスぐつですわい。」と、いいました。

そこでカレンはびっくりして、赤《あか》いくつをぬぎすてようとおもいました。けれどもくつはしっかりとカレンの

足《あし》にくっついていました。カレンはくつ下《した》を引《ひ》きちぎりました。しかし、それでもくつはぴったりと、足《あし》にくっついていました。そしてカレンは踊《おど》りました。畑《はたけ》の上《うえ》だろうが、原《はら》っぱの中《なか》だろうが、雨《あめ》が降《ふ》ろうが、日《ひ》が照《て》ろうが、よるといわず、ひるといわず、いやでもおうでも、踊《おど》って踊《おど》って踊《おど》りつづけなければなりませんでした。けれども、よるなどは、ずいぶん、こわい思《おも》いをしました。

カレンはがらんとした墓《ぼ》地《ち》のなかへ、踊《おど》りながらはいっていきました。そこでは死《し》んだ人《ひと》は踊《おど》りませんでした。なにかもっとおもしろいことを、死《し》んだ人《ひと》たちは知《し》っていたのです。カレンは、にがよもぎが生《は》えている、貧乏人《びんぼうにん》のお墓《はか》に、腰《こし》をかけようとしました。けれどカレンは、おちつくこともできなければ、休《やす》むこともできませんでした。そしてカレンは、戸《と》のあいているお寺《てら》の入《い》り口《ぐち》のほうへと踊《おど》りながらいったとき、ひとりの天使《てんし》がそこに立《た》っているのをみました。その天使《てんし》は白《しろ》い長《なが》い着物《きもの》を着《き》て、肩《かた》から足《あし》までもとどくつばさをはやしていて、顔付《かおつ》きはまじめに、いかめしく、手《て》にははばの広《ひろ》いぴかぴか光《ひか》る剣《けん》を持《も》っていました。

「いつまでも、お前《まえ》は踊《おど》らなくてはならぬ。」と、天使《てんし》はいいました。「赤《あか》いくつをはいて、踊《おど》っておれ。お前《まえ》が青《あお》じろくなって冷《つめ》たくなるまで、お前《まえ》のからだがしなびきって、骸骨《がいこつ》になってしまうまで踊《おど》っておれ。お前《まえ》はこうまんな、いばったこどもらが住《す》んでいる家《いえ》を一軒《いっけん》、一軒《いっけん》と踊《おど》りまわらねばならん。それはこどもらがお前《まえ》の居《い》ることを知《し》って、きみわるがるように、お前《まえ》はその家《いえ》の戸《と》を叩《たた》かなくてはならないのだ。それ、お前《まえ》は踊《おど》らなくてはならんぞ。踊《おど》るのだぞ——。」

「かんにんしてください。」と、カレンはさけびました。けれども、そのまに、くつがどんどん門《もん》のところから、往来《おうらい》や小道《こみち》を通《とお》って、畑《はたけ》の方《ほう》へ動《うご》き出《だ》していってしまったものですから、カレンは、天使《てんし》がなんと返事《へんじ》をしたか、聞《き》くことができませんでした。そして、あくまで踊《おど》って踊《おど》っていなければなりませんでした。

ある朝《あさ》、カレンはよく見《み》おぼえている、一軒《いっけん》の家《いえ》の門《かど》ぐちを踊《おど》りながら通《とお》りすぎました。するとうちのなかでさんび歌《か》をうたうのが聞《き》こえて、花《はな》で飾《かざ》られたひつぎが、中《なか》からはこび出《だ》されました。それで、カレンは、じぶんをかわいがってくれたお年《とし》よりの奥《おく》さまがなくなったことを知《し》りました。そして、じぶんがみんなからすてられて、神《かみ》さまの天使《てんし》からはのろいをうけていることを、しみじみおもいました。

カレンはそれでもやはり踊《おど》りました。いやおうなしに踊《おど》りました。まっくらな闇《やみ》の夜《よる》も踊《おど》っていなければなりませんでした。くつはカレンを、いばらも切株《きりかぶ》の上《うえ》も、かまわず引《ひ》っぱりまわしましたので、カレンはからだや手足《てあし》をひっかかれて、血《ち》を出《だ》してしまいました。カレンはとうとうあれ野《の》を横《よこ》ぎって、そこにぽつんとひとつ立《た》っている、小《ち》さな家《いえ》のほうへ踊《おど》っていきました。その家《いえ》には首切役人《くびきりやくにん》が住《す》んでいることを、カレンは知《し》っていました。そこで、カレンはまどのガラス板《いた》を指《ゆび》でたたいて、

「出《で》て来《き》て下《くだ》さい。—出《で》て来《き》て下《くだ》さい。—踊《おど》っていなければならないので、わたしは中《なか》へはいることはできないのです。」と、いいました。

するると、首切役人《くびきりやくにん》はいいました。

「お前《まえ》は、たぶんわたしがなんであるか、知《し》らないのだろう。わたしは、おのでわるい人間《にんげん》の首《くび》を切《き》りおとす役人《やくにん》だ。そら、わたしのおのは、あんなに鳴《な》っているではないか。」

「わたし、首《くび》を切《き》ってしまってはいやですよ。」と、カレンはいいました。「そうすると、わたしは罪《つみ》を悔《く》い改《あらた》めることができなくなりますからね。けれども、この赤《あか》いくつといっしょに、わたしの足《あし》を切《き》ってしまってくださいな。」

そこでカレンは、すっかり罪《つみ》をざんげしました。すると首斬役人《くびきりやくにん》は、赤《あか》いくつをはいたカレンの足《あし》を切《き》ってしまいました。でもくつはちいさな足《あし》といっしょに、畑《はたけ》を越《こ》えて奥《おく》ぶかい森《もり》のなかへ踊《おど》っていってしまいました。

それから、首切役人《くびきりやくにん》は、松葉杖《まつばづえ》といっしょに、一《いっ》つの木《き》のつぎ足《あし》を、カレンのためにこしらえてやって、罪人《ざいにん》がいつもうたうさんび歌《か》を、カレンにおしえました。そこで、カレンは、おのをつかった役人《やくにん》の手《て》にせっぷんすると、あれ野《の》を横《よこ》ぎって、そこを出《で》ていきました.

（さあ、わたしは十分《じゅうぶん》、赤《あか》いくつのおかげで、苦《くる》しみを受《う》けてしまったわ。これからみなさんに見《み》てもらうように、お寺《てら》へいってみましょう。）

こうカレンはこころにおもって、お寺《てら》の入口《いりぐち》のほうへいそぎましたが、そこにいきついたとき、赤《あか》いくつが目《め》の前《まえ》でおどっていました。カレンは、びっくりして引《ひ》っ返《かえ》してしまいました。

まる一週間《いっしゅうかん》というもの、カレンは悲《かな》しくて、悲《かな》しくて、いじらしい涙《なみだ》を流《なが》して、なんどもなんども泣《な》きつづけました。けれども日曜日《にちようび》になったとき、

（こんどこそわたしは、ずいぶん苦《くる》しみもしたし、たたかいもしてきました。もうわたしもお寺《てら》にすわって、あたまをたかく上《あ》げて、すこしも恥《は》じるところのない人《ひと》たちと、おなじぐらいただしい人《ひと》になったとおもうわ。）

こうおもいおもい、カレンは勇気《ゆうき》を出《だ》していってみました。けれども墓地《ぼち》の門《もん》にもまだはいらないうちに、カレンはじぶんの目《め》の前《まえ》を踊《おど》っていく赤《あか》いくつを見《み》たので、つくづくこわくなって、心《こころ》のそこからしみじみ悔《く》いをかんじました。

そこでカレンは、坊《ぼう》さんのうちにいって、どうぞ女中《じょちゅう》に使《つか》って下《くだ》さいとたのみました。そして、なまけずにいっしょうけんめい、はたらけるだけはたらきますといいました。お給金《きゅうきん》などはいただこうとおもいません。ただ、心《こころ》のただしい人《ひと》びととひとつ屋根《やね》の下《した》でくらさせていただきたいのです。こういうので、坊《ぼう》さんの奥《おく》さまは、カレンをかわいそうにおもってつかうことにしました。そしてカレンはたいそうよく働《はたら》いて、考《かんが》えぶかくもなりました。夕方《ゆうがた》になって、坊《ぼう》さんが高《たか》い声《こえ》で聖書《せいしょ》をよみますと、カレンはしずかにすわって、じっと耳《みみ》をかたむけていました。こどもたちは、みんなとてもカレンが好《す》きでした。けれども、こどもたちが着物《きもの》や、身《み》のまわりのことや、王《おう》さまのように美《うつく》しくなりたいなどといいあっているとき、カレンは、ただ首《くび》を横《よこ》にふっていました。

次《つぎ》の日曜日《にちようび》に、人《ひと》びとはうちつれてお寺《てら》にいきました。そして、カレンも、いっしょにいかないかとさそわれました。けれどもカレンは、目《め》にいっぱい涙《なみだ》をためて、悲《かな》しそうに松葉杖《まつばづえ》をじっとみつめていました。そこで、人《ひと》びとは神《かみ》さまのお声《こえ》をきくために出《で》かけましたが、カレンは、ひとりかなしく自分《じぶん》のせまいへやにはいっていきました。そのへやは、カレンのベットと一脚《いっきゃく》のいすとが、やっとはいるだけの広《ひろ》さしかありませんでした。そこにカレンは、さんび歌《か》の本《ほん》を持《も》っていすにすわりました。そして信心《しんじん》ぶかい心《こころ》もちで、それを読《よ》んでいますと、風《かぜ》につれて、お寺《てら》でひくオルガンの音《ね》が聞《き》こえてきました。カレンは涙《なみだ》でぬれた顔《かお》をあげて、

「ああ、神《かみ》さま、わたくしをお救《すく》いくださいまし。」と、いいました。

そのとき、お日《ひ》さまはいかにもうららかにかがやきわたりました。そしてカレンがあの晩《ばん》お寺《てら》の戸口《とぐち》のところで見《み》た天使《てんし》とおなじ天使《てんし》が、白《しろ》い着物《きもの》を着《き》て、カレンの目《め》の前《まえ》に立《た》ちました。けれどもこんどは鋭《するど》い剣《けん》のかわりに、ばらの花《はな》のいっぱいさいたみごとな緑《みどり》の枝《えだ》を持《も》っていました。天使《てんし》がそれで天井《てんじょう》にさわりますと、天井《てんじょう》は高《たか》く高《たか》く上《うえ》へのぼって行《い》って、さわられたところは、どこものこらず金《きん》の星《ほし》がきらきらかがやきだしました。天使《てんし》はつぎにぐるりの壁《かべ》にさわりました。すると壁《かべ》はだんだん大《おお》きく大《おお》きくよこにひろがっていきました。そしてカレンの目《め》に、鳴《な》っているオルガンがみえました。むかしの坊《ぼう》さんたちやその奥《おく》さまたちの古《ふる》い像《ぞう》も見《み》えました。信者《しんじゃ》のひとたちは、飾《かざ》りたてたいすについて、さんび歌《か》の本《ほん》を見《み》てうたっていました。お寺《てら》ごとそっくり、このせまいへやのなかにいるかわいそうな女《おんな》の子《こ》のところへ動《うご》いて来《き》たのでございます。それとも、カレンのへやが、そのままお寺《てら》へもっていかれたのでしょうか。―カレンは、坊《ぼう》さんのうちの人《ひと》たちといっしょの席《せき》についていました。そしてちょうどさんび歌《か》をうたいおわって顔《かお》をあげたとき、この人《ひと》たちはうなずいて、

「カレン、よくまあ、ここへきましたね。」といいました。

「これも神《かみ》さまのお恵《めぐ》みでございます。」とカレンはい

いました。

そこで、オルガンは、鳴《な》りわたり、こどもたちの合唱《がっしょう》の声《こえ》は、やさしく、かわいらしくひびきました。うららかなお日《ひ》さまの光《ひかり》が、窓《まど》からあたたかく流《なが》れこんで、カレンのすわっているお寺《てら》のいすを照《て》らしました。けれどもカレンのこころはあんまりお日《ひ》さまの光《ひかり》であふれて、たいらぎとよろこびであふれて、そのためはりさけてしまいました。カレンのたましいは、お日《ひ》さまの光《ひかり》にのって、神《かみ》さまの所《ところ》へとんでいきました。そしてもうそこではたれもあの赤《あか》いくつのことをたずねるものはありませんでした。

【凡例】

・本編「赤いくつ」は、青空文庫作成の文字データを使用した。
底本：「新訳アンデルセン童話集　第二巻」同和春秋社
　1955（昭和30）年7月15日初版発行
※「旧字、旧仮名で書かれた作品を、現代表記にあらためる際の作業指針」に基づいて、底本の表記をあらためた。
入力：大久保ゆう
校正：鈴木厚司
2005年6月3日作成

・文字遣いは、青空文庫のデータによる。
・この作品には、今日からみれば不適切と思われる表現が含まれているが、作品の描かれた時代と、作品本来の価値に鑑み、底本のままとした。
・ルビは、青空文庫のものに加えて、新字新仮名のルビを付し、総ルビとした。
・追加したルビには文字遣いの他、読み方など格段の基準は設けていない。

旅《たび》なかま

かわいそうなヨハンネスは、おとうさんがひどくわずらって、きょうあすも知《し》れないほどでしたから、もうかなしみのなかにしずみきっていました。せまいへやのなかには、ふたりのほかに人《ひと》もいません。テーブルの上《うえ》のランプは、い

まにも消《き》えそうにまばたきしていて、よるももうだいぶふけていました。

「ヨハンネスや、おまえはいいむすこだった。」と、病人《びょうにん》のおとうさんはいいました。「だから、世《よ》の中《なか》へでても、神《かみ》さまがきっと、なにかをよくしてくださるよ。」

そういって、やさしい目《め》でじっとみながら、ふかいため息《いき》をひとつつくと、それなり息《いき》をひきとりました。それはまるでねむっているようでした。でも、ヨハンネスは泣《な》かずにいられません、この子《こ》はもう、この世《よ》の中《なか》に、父親《ちちおや》もなければ、母親《ははおや》もないし、男《おとこ》のきょうだいも、女《おんな》のきょうだいもないのです。かわいそうなヨハンネス。

ヨハンネスは、寝台《しんだい》のまえにひざをついて、死《し》んだおとうさんの手《て》にほおずりして、しょっぱい涙《なみだ》をとめどなくながしていました。そのうち、いつか目《め》がくっついて、寝台《しんだい》のかたい脚《あし》にあたまをおしつけたなり、ぐっすり寝《ね》こんでしまいました。

寝《ね》ているうちに、ヨハンネスは、ふしぎな夢《ゆめ》をみました。お日《ひ》さまとお月《つき》さまとがおりて来《き》て＊礼拝《れいはい》をするところをみました。それから、なくなったおとうさんが、またげんきで、たっしゃで、いつもほんとうにうれしいときするようなわらい声《ごえ》をきかせました。ながい、うつくしい髪《かみ》の毛《け》の上《うえ》に、金《きん》のかんむりをかぶったうつくしいむすめが、ヨハンネスに手《て》をさしのべました。するとおとうさんが「ごらん、なんといいおよめさんをおまえはもらったのだろう。これこそ世界《せかい》じゅうふたりとないうつくしいひとだ。」といいました。おや、とおもうとたん、ヨハンネスは目《め》がさめました。うつくしい夢《ゆめ》はかげもかたちもなくて、おとうさんは死《し》んで、つめたくなって、寝台《しんだい》にねていました。たれひとりそこにはいませんなんてかわいそうなヨハンネス。

＊ヨセフまたひとつ夢《ゆめ》をみてこれをその兄弟《きょうだい》に述《の》べていいけるは我《われ》また夢《ゆめ》をみたるに日《ひ》と月《つき》と十一《じゅういち》の星《ほし》われを拝《はい》せりと。（創世記《そうせいき》三十七《さんじゅうしち》ノ九《きゅう》）

次《つぎ》の週《しゅう》に、死人《しびと》はお墓《はか》の下《した》にうまりました。ヨハンネスはぴったり棺《かん》につきそって行《ゆ》きました。これなりもう、あれほどやさしくしてくださったおとうさんの顔《かお》をみることはできなくなるのです。棺《かん》の上《うえ》にばらばら土《つち》のかたまりの落《お》ちていく音《おと》を、ヨハンネスはききました。いよいよおしまいに、棺《かん》の片《かた》はしがちらっとみえました。そのせつな、ひとすくい土《つち》がかかると、それもふさがってしまいました。みているうち、いまにも胸《むね》がちぎれそうに、かなしみがこみあげて来《き》ました。まわりでうたうさんび歌《か》がいかにもうつくしくきこえました。きくうちヨハンネスは、目《め》のなかに涙《なみだ》がわきだして来《き》ました。で、泣《な》きたいだけ泣《な》くと、かえって心持《こころもち》がはっきりして来《き》ました。お日《ひ》さまが、みどりぶかい木立《こだち》の上《うえ》に晴《は》ればれとかがやいて、それは「ヨハンネス、そんなにかなしんでばかりいることはないよ。まあ、青青《あおあお》とうつくしい空《そら》をごらん。おまえのとうさんも、あの高《たか》い所《ところ》にいて、どうかこのさきおまえがいつもしあわせでいられるよう、神《かみ》さまにおねがいしているところなのだよ。」と、いっているようでした。「ああ、ぼく、あくまでいい人《ひと》になろう。」と、ヨハンネスはいいました。「そうすれば、また天国《てんごく》でおとうさんにあうことになるし、あえたら、どんなにたのしいことだろう。そのときは、どんなにたくさ

ん、話《はな》すことがあるだろう、そうして、おとうさんから
も、ずいぶんいろいろのことをおしえてもらえるだろう。
天国《てんごく》のりっぱな所《ところ》もたくさんみせてもらえるだろう。そ
れは生《い》きているとき、地《ち》の上《うえ》の話《はなし》を、たんとおとうさん
はしてくださったものだった。ああ、それはどんなにた
のしいことになるだろうな。」

ヨハンネスは、こうはっきりとじぶんにむかっていっ
てみて、ついほほえましくなりました。そのそばから、
涙《なみだ》はまたほほをつたわってながれました。あたまの上《うえ》で
小鳥《ことり》たちが、とちの木《き》の木立《こだち》のなかから、ぴいちくくち、
ぴいちくちさえずっていました。小鳥《ことり》たちはおとむらい

に来《き》ていながら、こんなにたのしそうにしているのは、この死《し》んだ人《ひと》が、いまではたかい天国《てんごく》にのぼっていて、じぶんたちのよりももっとうつくしい、もっと大《おお》きいつばさがはえていることや、この世《よ》で心《こころ》がけのよかったおかげで、あちらへいっても、神《かみ》さまのおめぐみをうけて、いまではしあわせにくらしていることをよく知《し》っているからでした。この小鳥《ことり》たちが、緑《みどり》ぶかい木立《こだち》をはなれて、とおくの世界《せかい》へとび立《た》っていくところを、ヨハンネスはみおくって、じぶんもいっしょにとんでいきたくなりました。

けれども、さしあたりまず、大《おお》きな木《き》の十字架《じゅうじか》を切《き》って、それをおとうさんのお墓《はか》に立《た》てなければなりません。さて、夕《ゆう》がた、それをもっていきますと、どうでしょう、お墓《はか》にはまあるく砂《すな》が盛《も》ってあって、きれいな花《はな》でかざられていました。それはよその知《し》らない人《ひと》がしてくれたのです。なくなったおとうさんはいい人《ひと》でしたから、ひとにもずいぶん好《す》かれていました。

さて、あくる日朝《ひあさ》はやく、ヨハンネスは、わずかなものを包《つつみ》にまとめ、のこった財産《ざいさん》の五十《ごじゅう》ターレルと二《に》、三《さん》枚《まい》のシリング銀貨《ぎんか》とを、しっかり腰《こし》につけました。これだけであてもなしに世《よ》の中《なか》へ出《で》て行《ゆ》こうというのです。いよいよ出《で》かけるまえ、まず墓地《ぼち》へいって、おとうさんのお墓《はか》におまいりして、主《しゅ》のお祈《いのり》をとなえてから、こういいました。

「おとうさん、さよなら。ぼくは、いつまでもいい人間《にんげん》でいたいとおもいます。ですから、神《かみ》さまが、幸福《こうふく》にしてくださるように、たのんでください。」

ヨハンネスがこれからでていこうという野《の》には、のこらずの花《はな》があたたかなお日《ひ》さまの光《ひかり》をあびて、いきいきと、美《うつく》しい色《いろ》に咲《さ》いていました。そうして、風《かぜ》のふくままに、それが、がってんがってんしていました。「みどりの国《くに》へよくいらっしゃいましたね、ここはずいぶんきれいでしょう。」といっているようでした。けれど、ヨハンネスは、もういちどふりかえって、ふるいお寺《てら》におなごりをおしみました。このお寺《てら》で、ヨハンネスはこどものとき洗礼《せんれい》をうけました。日曜日《にちようび》にはきまって、おとうさんにつれられていって、おつとめをしたり、さんび歌《か》をうたったりしました。そのとき、ふと、たかい塔《とう》の窓《まど》の所《ところ》に、お寺《てら》の*小魔《こおに》が、あかいとんがり頭巾《ずきん》をかぶって立《た》っているのがみえました。小魔《こおに》は目《め》のなかに日《ひ》がさしこむので、ひじをまげてひたいにかざしているところでした。ヨハンネスはかるくあたまをさげて、さよならのかわりにしました、小魔《こおに》は赤《あか》い頭巾《ずきん》をふったり胸《むね》に手《て》をあてたり、いくどもいくども、**投《な》げキッスしてみせました。それは、ヨハンネスのためにかずかす幸福《こうふく》のあるように、とりわけ、たのしい旅《たび》のつづくようにいのってくれる、まごころのこもったものでした。

＊家魔《いえおに》。善魔《ぜんま》で矮魔《こびと》の一種《いっしゅ》。ニース（Nis）。人間《にんげん》の家《いえ》のなかに住《す》み、こどもの姿《すがた》で顔《かお》は老人《ろうじん》。ねずみ色《いろ》の服《ふく》に赤《あか》い先《さき》の尖《とが》った帽子《ぼうし》をかぶる。お寺《てら》にはこの仲間《なかま》が必《かなら》ずひとりずついて塔《とう》の上《うえ》に住《す》み、鐘《かね》をたたいたりするという。

＊＊じぶんの手《て》にせっぷんしてみせて、はなれている相手《あいて》にむかってその手《て》をなげる形《かたち》。

ヨハンネスは、これから、大《おお》きなにぎやかな世間《せけん》へでたら、どんなにたくさん、おもしろいことがみられるだろうとおもいました。それで、足《あし》にまかせて、どこまでも、これまでついぞ来《き》たこともない遠《とお》くまで、ずんずんあるいて行《ゆ》きました。通《とお》っていく所《ところ》の名《な》も知《し》りません。出《で》あうひとの顔《かお》も知《し》りません。まったくよその土地《とち》に来《き》てしまっていました。

はじめての晩《ばん》は、野《の》ッ原《ぱら》の、枯草《かれくさ》を積《つ》んだ上《うえ》にねなければなりませんでした。ほかに寝床《ねどこ》といってはなかったのです。でも、それがとても寝《ね》ごこちがよくて、王《おう》さまだってこれほどけっこうな寝床《ねどこ》にはお休《やす》みにはなるまいとおもいました。ひろい野中《のなか》に小川《おがわ》がちょろちょろながれていて、枯草《かれくさ》の山《やま》があって、あたまの上《うえ》には青空《あおぞら》がひろがっていて、なるほどりっぱな寝《ね》べやにちがいありません。赤《あか》い花《はな》、白《しろ》い花《はな》があいだに点点《てんてん》と咲《さ》いているみどりの草原《そうげん》は、じゅうたんの敷物《しきもの》でした。にわとこのくさむらとのばらの垣《かき》が、おへやの花《はな》たばでした。洗面所《せんめんじょ》のかわりには、小川《おがわ》が水晶《すいしょう》のようなきれいな水《みず》をながしてくれましたし、そこにはあしがこっくり、おじぎしながら、おやすみ、おはようをいってくれました。お月《つき》さまは、おそろしく大《おお》きなランプを、たかい青天井《あおてんじょう》の上《うえ》で、かんかんともしてくださいましたが、この火《ひ》がカーテンにもえつく気《き》づかいはありません。これならヨハンネスもすっかり安心《あんしん》してねられます。それでぐっすり寝《ね》こんで、やっと目《め》をさますと、お日《ひ》さまはもうとうにのぼって、小鳥《ことり》たちが、まわりで声《こえ》をそろえてうたっていました。

「おはよう。おはよう。まだ起《お》きないの。」

お寺《てら》では、かんかん、鐘《かね》がなっていました。ちょうど日曜日《にちようび》でした。近所《きんじょ》のひとたちが、お説教《せっきょう》をききに、ぞろぞろでかけていきます。ヨハンネスも、そのあとからついていって、さんび歌《か》のなかまにまじって、神《かみ》さまのお言葉《ことば》をききました。するうち、こどものとき、洗礼《せんれい》をうけたり、おとうさんにつれられて、さんび歌《か》をいっしょにうたった、おなじみぶかいお寺《てら》に来《き》ているようにおもいました。

お寺《てら》のそとの墓地《ぼち》には、たくさんお墓《はか》がならんでいて、なかには高《たか》い草《くさ》のなかにうずまっているものもありました。それをみると、ヨハンネスは、おとうさんのお墓《はか》も草《くさ》むしりして、お花《はな》をあげるものがなければ、やがてこんなふうになるのだとおもいました。そこで、べったりすわって、草《くさ》をぬいてやったり、よろけている十字架《じゅうじか》をまっすぐにしてやったり、風《かぜ》でふきとんでいる花環《はなわ》をもとのお墓《はか》の所《ところ》へおいてやったりしました。そんなことをしながら、ヨハンネスはかんがえました。

「たぶん、おとうさんのお墓《はか》にも、たれかが、おなじことをしておいてくれるでしょう、ぼくにできないかわりに。」

墓地《ぼち》の門《もん》そとに、ひとり、年《とし》よりのこじきがいて、よぼよぼ、松葉《まつば》づえにすがっていました。ヨハンネスは、もっていたシリング銀貨《ぎんか》をやってしまいました。それですっかりたのしくなり、げんきになって、またひろい世《よ》の中《なか》へでていきました。

夕方《ゆうがた》、たいへんいやなお天気《てんき》になりました。どこか宿《やど》をさがそうとおもっていそぐうち、夜《よる》になりました。でもどうやら、小山《こやま》の上《うえ》にぽっつり立《た》っているちいさなお寺《てら》にたどりつきました。しあわせと、おもての戸《と》があいていたので、そっとそこからはいりました。そうして、あらしのやむまでそこにいることにしました。

「どこかすみっこにかけさせてもらおう。」と、ヨハンネスはいって、なかにはいっていきました。

「なにしろひどくくたびれている、すこし休《やす》まずにはいられない。」

こういって、ヨハンネスはそこにどたんとすわって、両手《りょうて》をくみあわせて、晩《ばん》のお祈《いのり》をいいました。こうして、いつか知《し》らないまに寝込《ねこ》んで、夢《ゆめ》をみていました。そのあいだに、そとでは、かみなりがなったり、いなづまが走《はし》ったりしていました。

やっと目《め》がさめてみると、もう真夜中《まよなか》で、あらしはとうにやんで、お月《つき》さまが、窓《まど》からかんかん、ヨハンネスのねている所《ところ》までさし込《こ》んでいました。ふとみると、本《ほん》堂《どう》のまんなかに、死《し》んだ人《ひと》を入《い》れた棺《かん》が、ふたをあけたまま置《お》いてありました。まだお葬式《そうしき》がすんでいなかったのです。ヨハンネスは正《ただ》しい心《こころ》の子《こ》でしたから、ちっとも死人《しびと》をこわいとはおもいません。それに死人《しびと》がなにもわるいことをするはずのないことはよくわかっていました。生《い》きているわるいひとたちこそよくないことをするのです。ところへ、ちょうど、そういう生《い》きているわるるい人間《にんげん》のなかまがふたり、死人《しびと》のすぐわきに来《き》て立《た》ちました。この死人《しびと》はまだ埋葬《まいそう》がすまないので、お寺《てら》にあずけておいてあったのです。それをそっと棺《かん》のなかに休《やす》ませておこうとはしずに、お寺《てら》のそとへほうりだしてやろうという、よくないいたくらみをしに来《き》たのです。死《し》んだ人《ひと》を、きのどくなことですよ。

「なんだって、そんなことをするのです。」と、ヨハンネスは声《こえ》をかけました。「ひどい、わるいことです。エスさまのお名《な》にかけて、どうぞそっとしてあげておいてください。」

「くそ、よけいなことをいうない。」と、そのふたりの男《おとこ》はこわい顔《かお》をしました。「こいつはおれたちをいっぱいはめたんだ。おれたちから金《かね》を借《か》りて、かえさないいま、こんどはおまけにおッ死《ち》んでしまやがったんだ。おかげで、おれたちの手《て》には、びた一文《いちもん》かえりやしない。だからかたきをとってやるのだ。寺《てら》のそとへ、犬《いぬ》ッころのようにほうりだしてやるのだ。」

「ぼく、五十《ごじゅう》ターレル、お金《かね》があります。」と、ヨハンネスはいいました、「これがもらったありったけの財産《ざいさん》ですが、そっくりあなた方《がた》に上《あ》げましょう。そのかわり、けっしてそのかわいそうな死人《しびと》のひとをいじめないと、はっきり約束《やくそく》してください。なあに、お金《かね》なんかなくってもかまわない。ぼくは手足《てあし》はたっしゃでつよい、それにしじゅう神《かみ》さまが守《まも》っていてくださるとおもうから。」

「そうか。」と、そのにくらしい男《おとこ》どもはいいました。「きさま、ほんとうにその金《かね》をはらうなら、おれたちもけっして手《て》だしはしないさ、安心《あんしん》しているがいい。」

こういって、ふたりは、ヨハンネスのだしたお金《かね》をうけとって、この子《こ》のお人《ひと》よしなのを大《おお》わらいにわらったのち、どこかへ出《で》て行《ゆ》きました。でも、ヨハンネスは死《し》人《びと》を、またちゃんと棺《かん》のなかへおさめてやって、両手《りょうて》を組《く》ませてやりました。さて、さよならをいうと、こんどもすっかりあかるい、いい心持《こころもち》になって、大《おお》きな森《もり》のなかへはいっていきました。

森《もり》のなかをあるきながらみまわすと、月《つき》あかりが木立《こだち》をすけてちらちらしているなかに、かわいらしい妖女《ようじょ》たちのおもしろそうにあそんでいるのが目《め》にはいりました。妖女《ようじょ》たちはへいきでいました。それは、いま方《がた》はいって来《き》たヨハンネスが、やさしい、いい人間《にんげん》だということをよく知《し》っているからでした。わるい人間《にんげん》だけには、妖《よう》女《じょ》のすがたがみたくとも見《み》えないのです。まあ、かわいらしいといって、ほんとうに、指《ゆび》だけのせいもない妖女《ようじょ》もいましたが、それぞれながい金《きん》いろの髪《かみ》の毛《け》を、金《きん》のくしですいていました。ふたりずつ組《くみ》になって、木《こ》の葉《は》や、たかい草《くさ》の上《うえ》にむすんだ大《おお》きな露《つゆ》の玉《たま》の上《うえ》でぎったんばったんしていました。ときどきこの露《つゆ》の玉《たま》がころがりだすと、のっているふたりもいっしょにころげて、ながい草《くさ》のじくのあいだでとまります。すると、ほかのちいさいなかまに、わらい声《ごえ》とときの声《こえ》がおこりました。それはずいぶんおもしろいことでした、そのうち、みんな歌《うた》をうたいだしましたが、きいているうち、ヨハンネスは、こどものじぶんおぼえた歌《うた》を、はっきりおもいだしました。銀《ぎん》のかんむりをあたまにのせた大《おお》きなまだらぐもが、こちらの垣《かき》からむこうの垣《かき》へ、ながいつり橋《ばし》や御殿《ごてん》を網《あみ》で張《は》りわたすことになりました。さて、そのうえにきれいな露《つゆ》がおちると、あかるいお月《つき》さまの光《ひかり》のなかでガラスのようにきらきらしました。こんなことがそれからそれとつづいているうち、お日《ひ》さまがおのぼりになりました。すると、妖女《ようじょ》たちは、花《はな》のつぼみのなかにはい込《こ》みました。朝《あさ》の風《かぜ》が、つり橋《ばし》やお城《しろ》をつかむと、それなり大《おお》きなくもの網《あみ》になって、空《そら》の上《うえ》にとびました。

さて、ヨハンネスがいよいよ森《もり》を出《で》ぬけようとしたとき、しっかりした男《おとこ》の声《こえ》で、うしろからよびとめるものがありました。

「もしもし、ご同行《どうぎょう》、どこまで旅《たび》をしなさる。」

「あてもなくひろい世間《せけん》へ。」と、ヨハンネスはいいました。「父親《ちちおや》もなし、母親《ははおや》もなし、たよりのないわかものです。でも神《かみ》さまは、きっと守《まも》ってくださるでしょう。」

「わたしも、あてもなく世間《せけん》へでていくところだ。」と、その知《し》らないひとはいいました。「ひとつ、ふたりでなかまになりましょうか。」

「ええ、そうしましょう。」と、ヨハンネスもいいました。そこで、ふたりは、いっしょに出《で》かけました。じき、ふたりは仲《なか》よしになりました。なぜといって、ふたりともいい人《ひと》たちだったからです。ただ、ヨハンネスは、この知《し》らない道《みち》づれが、じぶんよりもはるかにかしこい人《ひと》だということに、気《き》がつきました。この人《ひと》は世界《せかい》じゅうたいていあるいていて、なんだって話《はな》せないことはないくらいでした。

お日《ひ》さまが、もうすいぶんたかくのぼったので、ふたりは大《おお》きな木《き》の下《した》に腰《こし》をおろして、朝《あさ》の食事《しょくじ》にかかりました。そこへ、ひとりのおばあさんがあるいて来《き》ました。いやはや、ずいぶんなおばあさん、まるではうように腰《こし》をまげてあるいて、やっとしゅもくづえにすがっていました。それでも、森《もり》でひろいあつめたたきぎをひとたば、せなかにのせていました。前掛《まえかけ》が胸《むね》でからげてあって、ヨハンネスがふとみると＊しだの木《き》のじくにやなぎの枝《えだ》をはめた大《おお》きいむちが三本《さんぼん》、そこからとびだしていました。で、ふたりのいるまえをよろよろするうち、片足《かたあし》すべらしてころぶとたん、きゃあとたかい声《こえ》をたてました。きのどくに、このおばあさん、足《あし》をくじいたのですね。

＊しだの木《き》は魔法《まほう》の木《き》。しだの木《き》のむちに、やなぎの枝《えだ》の柄《がら》をはめる。

ヨハンネスはそのとき、ふたりでおばあさんをかかえて、住居《すまい》までおくっていってやろうといいました。道《みち》づれの知《し》らない人《ひと》は、はいのうをあけて、小箱《こばこ》をだして、いや、このなかにこうやくがはいっている、これをつければ、すぐと足《あし》のきずがなおって、もとどおりになるから、ひとりでうちへかえれて、足《あし》をくじいたことなぞないようになるといいました。そして、そのかわりに、といっても、なあに、その前掛《まえかけ》にくるんでいる三本《さんぼん》のむちをもらうだけでいいのだがね、といいました。

「とんだ高《たか》い薬代《やくだい》だの。」と、おばあさんはいって、なぜかみょうに、あたまをふりました。

それで、なかなか、このむちを手《て》ばなしたがらないようすでしたが、くじいた足《あし》のままそこにたおれていることも、ずいぶんらくではないので、とうとう、むちをゆずることになりました。そのかわり、ほんのちょっぴりくすりをなすったばかりで、このおばあさん、すぐぴんと足《あし》が立《た》って、まえよりもたっしゃに、しゃんしゃんあるいていきました。これはまさしく、このこうやくのききめでした。でも、それだけに、薬屋《くすりや》などでめったに手《て》にはいるものではありません。

「そんなむちみたいなもの、なんにするんです。」と、ヨハンネスは、そこで旅《たび》なかまにたずねました。

「どうして、三本《さんぼん》ともけっこうな草《くさ》ぼうきさ。」と、相《あい》手《て》はいいました。「こんなものをほしがるのは、わたしもとんだかわりものさね。」

さて、それからまた、しばらくの道《みち》のりを行《ゆ》きました。

「やあ、いけない、空《そら》がくもって来《き》ますよ。」と、ヨハンネスはいいました。「ほら、むくむく、きみのわるい雲《くも》がでて来《き》ましたよ。」

「いんや。」と、旅《たび》なかまはいいました。「あれは雲《くも》ではない。山《やま》さ。どうしてりっぱな大山《おおやま》さ。のぼると雲《くも》よりもたかくなって、澄《す》んだ空気《くうき》のなかに立《た》つことになる。そこへいくと、どんなにすばらしいか。あしたは、もうずいぶんとおい世界《せかい》に行《い》っていることになるよ。」

でも、そこまでは、こちらでながめたほど近《ちか》くはありませんでした。まる一日《いちにち》たっぷりあるいて、やっと山《やま》のふもとにつきました。見《み》あげると、まっくろな森《もり》が空《そら》にむかってつっ立《た》っていて、町《まち》ほどもありそうな大《おお》きな岩《いわ》がならんでいました。それへのぼろうというのは、どうしてひととおりやふたとおり骨《ほね》の折《お》れるしごとではなさそうです。そこで、ヨハンネスと旅《たび》なかまは、ひと晩《ばん》、ふもとの宿屋《やどや》にとまって、ゆっくり休《やす》んで、あしたの山《やま》のぼりのげんきをやしなうことにしました。

さて、その宿屋《やどや》の下《した》のへやの、大《おお》きな酒場《さかば》には、おおぜい人《ひと》があつまっていました。人形芝居《にんぎょうしばい》をもって旅《たび》まわりしている男《おとこ》が来《き》て、ちょうどそこへ小《ちい》さい舞台《ぶたい》をしかけたところでした。みんなはそれをとりまいて、幕《まく》のあくのを待《ま》つさいちゅうでした。ところで、いちばんまえの席《せき》は、ふとった肉屋《にくや》のおやじが、ひとりでせんりょうしていましたが、それがまた最上《さいじょう》の席《せき》でもあったでしょう。しかも大《おお》きなブルドッグが、それがまあなんとにくらしい、くいつきそうな顔《かお》をしていたでしょう。そやつが主人《しゅじん》のわきに座《ざ》をかまえて、いっぱし人間《にんげん》なみに、大《おお》きな目《め》をひからしていました。

そのうち、芝居《しばい》がはじまりましたが、それは王《おう》さまと女王《じょおう》さまの出《で》てくる、なかなかおもしろい喜劇《きげき》でした。ふたりの陛下《へいか》は、びろうどの玉座《ぎょくざ》に腰《こし》をかけて、どうしてなかなかの衣裳《いしょう》もちでしたから、金《きん》のかんむりをかぶって、ながいすそを着物《きもの》のうしろにひいていました。ガラスの目玉《めだま》をはめて、大《おお》きなうわひげをはやした、それはかわいらしいでくのぼうが、どの戸口《とぐち》にも立《た》っていて、しめたり、あけたり、おへやのなかにすずしい風《かぜ》のはいるようにしていました。どうもなかなかおもしろい喜劇《きげき》で、いい気《き》ばらしになりました。そのうち、人形《にんぎょう》の女王《じょおう》さまは立《た》ち上《あ》がって、ゆかの上《うえ》をそろそろあるきだしました。そのときまあ、れいのブルドッグが、いったい、なんとおもったのでしょうか、それをまた主人《しゅじん》がおさえもしなかったものですから、いきなり、舞台《ぶたい》にとびだして来《き》て、おやというまもなく、女王《じょおう》さまのかぼそい腰《こし》をぱっくりかみました。とたん、「がりッがりッ」という音《おと》がきこえました。いやはや、おそろしいことでした。

かわいそうに、人形《にんぎょう》つかいの男《おとこ》はすっかりしょげて、女王《じょおう》さまの人形《にんぎょう》をかかえて、おろおろしていました。それは一座《いちざ》のなかでも、いちばんきりょうよしの人形《にんぎょう》でしたのに、にくにくしいブルドッグのために、あたまをかみきられてしまったのですからね。けれども、みんな見物《けんぶつ》が散《ち》ってしまったあと、ヨハンネスといっしょにみに来《き》ていた旅《たび》なかまが、こんども、そのきずをなおしてやろうといいだしました。そこで、れいの小箱《こばこ》をあけて、おばあさんのくじいた足《あし》を立《た》たせてやったあのこうやくを、人形《にんぎょう》にぬってやりました。人形《にんぎょう》は、こうやくをぬってもらうと、さっそくきずがきれいになおって、おまけに、じぶんで手足《てあし》まででたっしゃにうごかせるようになりました。もう糸《いと》であやつることもいらなくなりました。人形《にんぎょう》はまるで、生《い》きた人《ひと》のようでした。ただ口《くち》がきけないだけです。人形芝居《にんぎょうしばい》の親方《おやかた》は、どんなによろこんだでしょう。人形《にんぎょう》つかいがつかわないでも、この人形《にんぎょう》は勝手《かって》にじぶんでおどれるのです。これは、ほかの人形《にんぎょう》にまねのならないことでした。

夜中《よなか》になって、宿屋《やどや》にいた人《ひと》たちがのこらず寝《ね》しずまろうというとき、どこかでしくしくすすり泣《な》く声《こえ》がして、いつまでもやまないものですから、みんな気《き》にして起《お》きあがって、いったい、たれが泣《な》いているのか見《み》ようとしました。それがどうも人形芝居《にんぎょうしばい》の舞台《ぶたい》のほうらしいので、親方《おやかた》がすぐ行《い》ってみますと、でくのぼうは、王《おう》さまはじめのこらずの近衛兵《このえへい》がかさなりあって、そこにころがっていました。いまし方《がた》かなしそうにしくしくやっていたのは、このガラス目《め》だまをきょとんとさせている人形《にんぎょう》なかまであったのです。それは、女王《じょおう》さまとおなじように、ちょっぴり、こうやくをぬってもらって、じぶんで勝手《かって》にうごけるようになりたいというのです。すると、女王《じょおう》さまもそばで、べったりひざをついて、そのりっぱな金《きん》かんむりをたかくささげながら「どうぞ、わたくしからこのかんむりをおとりあげください、そのかわり、夫《おっと》にも、家来《けらい》たちにも、どうぞお薬《くすり》をぬっていただけますように。」といのりました。そうきいて、この人形芝居《にんぎょうしばい》の親方《おやかた》は、きのどくに、人形《にんぎょう》たちが、ふびんでふびんでついいっしょに泣《な》きだしました。親方《おやかた》はそこで、旅《たび》なかまにたのんで、あすの晩《ばん》の興行《こうぎょう》のあがりをのこらずさしあげます。どうぞ、せめて四《よっ》つでも五《いつ》つでも、なかできりょうよしな人形《にんぎょう》にだけでも、こうやくを塗《ぬ》ってやってはもらえますすまいかと、くれぐれたのみました。ところで、旅《たび》なかまは、ほかのものは一切《いっさい》いらない、わたしのほしいのは、そのおまえさんの腰《こし》につるしている剱《つるぎ》だけだといいました。そうして、剱《つるぎ》を手《て》に入《い》れると、六《むっ》つの人形《にんぎょう》のこらずにこうやくをぬってやりました。すると人形《にんぎょう》たちは、さっそくおどりだしました。しかもその踊《おど》りのうまいこと、そこにみていたむすめたちが、生《い》きている人間《にんげん》のむすめたちのこらずが、すぐといっしょにおどりださずにはいられないくらいでした。するうち、御者《ぎょしゃ》と料理《りょうり》番《ばん》のむすめも、つながっておどりだしました。給仕人《きゅうじにん》もへや女中《じょちゅう》も、おどりだしました。お客《きゃく》たちも、いっしょにおどりだしました。とうとう十能《じゅうのう》と火《ひ》ばしまでが、組《くみ》になっておどりだしました。でも、このひと組《くみ》は、はじめひとははねはねると、すぐところんでしまいました。いやもう、ひと晩《ばん》じゅう、にぎやかで、たのしかったことといったら。

つぎの朝《あさ》、ヨハンネスは旅《たび》なかまとつれ立《だ》って、みんなからわかれて行《ゆ》きました。高《たか》い山《やま》にかかって、大《おお》きなもみの林《はやし》を通《とお》っていきました。山道《やまみち》をずんずんのぼるうちに、いつかお寺《てら》の塔《とう》が、ずっと目《め》のしたになって、おしまいにはそれが、いちめんみどりのなかにぽっつりとただひとつ、赤《あか》いいちごの実《み》をおいたようにみえました。もうなん里《り》もなん里《り》もさきの、ついいったことのない遠《えん》方《ぽう》までがみはらせました。—このすばらしい世界《せかい》に、こんなにもいろいろとうつくしいものを、いちどに見《み》るなんということを、ヨハンネスは、これまでに知《し》りませんでした。お日《ひ》さまは、さわやかに晴《は》れた青空《あおぞら》の上《うえ》からあたたかく照《て》りかがやいて、峰《みね》と峰《みね》とのあいだから、りょうしの吹《ふ》く角笛《つのぶえ》が、いかにもおもしろく、たのしくきこえました。きいているうちにもう、うれし涙《なみだ》が目《め》のなかにあふれだしてくると、ヨハンネスは、おもわずさけばずにはいられませんでした。

「おお、ありがたい神《かみ》さま、こんないいことをわたしたちにしてくださって、この世界《せかい》にあるかぎりのすばらしいものを、惜《お》しまずみせてくださいますあなたに、まごころのせっぷんをささげさせてください。」

旅《たび》なかまも、やはり、手《て》を組《く》んだまま、そこに立《た》って、あたたかなお日《ひ》さまの光《ひかり》をあびているふもとの森《もり》や町《まち》をながめました。ちょうどそのときふと、あたまの上《うえ》で、なんともめずらしく、かわいらしい声《こえ》がしました。ふたりがあおむいてみると、大《おお》きいまっ白《しろ》なはくちょうが一《いち》羽《わ》、空《そら》の上《うえ》に舞《ま》っていました。そのうたう声《こえ》はいかにもうつくしくて、ほかの鳥《とり》のうたうのとまるでちがっていました。でも、その歌《うた》が、だんだんによわって来《き》たとき、鳥《とり》はがっくりうなだれました。そうして、それは、ごくものしずかに、ふたりの足《あし》もとに落《お》ちて来《き》ました。このうつくしい鳥《とり》は死《し》んで、そこに横《よこ》たわっているのです。

「こりゃあ、そろってみごとなつばさだ。」と、旅《たび》なかまはいいました。「どうだ、このまっ白《しろ》で大《おお》きいこと、この鳥《とり》のつばさぐらいになると、ずいぶんの金高《かねだか》だ、これは、わたしがもらっておこう。みたまえ、剱《つるぎ》をもらって来《き》て、いいことをしたろうがね。」

こういって、旅《たび》なかまは、ただひとうち、死《し》んだはく・・・ちょうのつばさを切《き》りおとして、それをじぶんのものにしました。

さて、ふたりは山《やま》を越《こ》えて、またむこうへなん里《り》もなん里《り》も旅《たび》をつづけていくうちに、とうとう、大《おお》きな町《まち》のみえる所《ところ》に来《き》ました。その町《まち》にはなん百《びゃく》とない塔《とう》がならんで、お日《ひ》さまの光《ひかり》のなかで、銀《ぎん》のようにきらきらしていました。町《まち》のまんなかには、りっぱな大理石《だいりせき》のお城《しろ》があって、赤《あか》い金《きん》で屋根《やね》が葺《ふ》けていました。これが王《おう》さまのお住居《すまい》でした。

ヨハンネスと旅《たび》なかまとは、すぐ町《まち》にはいろうとはしないで、町《まち》の入口《いりぐち》で宿《やど》をとりました。ここで旅《たび》のあかをおとしておいて、さっぱりしたようすになって、町《まち》の往《おう》来《らい》をあるこうというのです。宿屋《やどや》のていしゅの話《はなし》では、王《おう》さまという人《ひと》は、心《こころ》のやさしい、それはいいひとで、ついぞ人民《じんみん》に非道《ひどう》をはたらいたことはありません。ところがその王《おう》さまのむすめというのが、やれやれ、なさけないことにひどいわるもののお姫《ひめ》さまだというのです。きりょうがすばらしくよくて、世《よ》にはこんなにもしとやかな人《ひと》があるものかとおもうほどですが、それがなんになるでしょう、このお姫《ひめ》さまがいけない魔法《まほう》つかいで、もうそのおかげで、なんどとなくりっぱな王子《おうじ》が、いのちをなくしました。―それはたれでもお姫《ひめ》さまに結婚《けっこん》を申《もう》しこむおゆるしが出《で》ていて、それは王子《おうじ》であろうとこじきであろうと、たれでもかまわない、というのですが、そのかわり、お姫《ひめ》さまのおもっている三《みっ》つのことをたずねられたら、それをそっくりあてなければならないのです。そのかわり、あたればお姫《ひめ》さまをおよめにして、おとうさまの王《おう》さまのおかくれになったあとでは、けっこうこの国《くに》の王《おう》さまにもなれる。けれどもその三《みっ》つともあたらなければ、首《くび》をしめられるか、切《き》られるかしなければなりません。このうつくしいお姫《ひめ》さまが、こんなにもひどい、わるものなのでした。おとうさまの老王《ろうおう》さまも、そのことでは、ずいぶんつらがっておいでなのですが、そんなむごたらしいことをするなととめるわけにいかないというのは、いつかお姫《ひめ》さまのむこえらみについては、けっして口《くち》だししないといいだされたため、お姫《ひめ》さまはなんでもじぶんのしたいままにしてよいことになっているからです。それで、あとから、あとから、ほうぼうの国《くに》の王子《おうじ》が代《かわ》る代《がわ》るやって来《き》て、なぞをときそこなっては、首《くび》をしめられたり、切《き》られたりしました。そのくせ、まえもっていいきかされていることですから、なにも申《もうし》込《こみ》をしなければいいのですが、やはりお姫《ひめ》さまをおよめにたれもしたがりました。お年《とし》よりの王《おう》さまは、かさねがさねこういうかなしい不幸《ふこう》なことのおこるのを、心《こころ》ぐるしくおもって、年《ねん》に一日《いちにち》、日《ひ》をきめて、のこらずの兵隊《へいたい》をあつめて、こどもども神《かみ》さまのまえにひれ伏《ふ》して、どうか王女《おうじょ》が善心《ぜんしん》にかえるようにとせつないおいのりをなさるのですが、お姫《ひめ》さまはどうしてもそれをあらためようとはしないのです。この町《まち》で年《とし》よりの女《おんな》たちが、ブランデイをのむにも、黒《くろ》くしてのむのは、それほどかなしがっている心《こころ》のしょうこをみせるつもりでしょう。まあ、そんなことよりほかにしょうがないのですよ。

「いやな王女《おうじょ》だなあ。」と、ヨハンネスはいいました。

「そんなのこそ、ほんとうにむちでもくらわしたら、ちっとはよくなるかもしれない。わたしがそのお年《とし》よりの王《おう》さまだったら、とうにひどくこらしめてやるところなのに。」

そのとき、そとで、町《まち》の人《ひと》たちが、万歳万歳《ばんざいばんざい》とさけぶ声《こえ》がしました。ちょうど王女《おうじょ》のお通《とお》りなのです。なるほど、王女《おうじょ》はじつに目《め》のさめるようなうつくしさで、このお姫《ひめ》さまがわるい人間《にんげん》だということをわすれさせるほどでしたから、ついたれも万歳《ばんざい》をさけばずにはいられなかったのです。十二人《じゅうににん》のきれいな少女《しょうじょ》がおそろいの白絹《しろぎぬ》の服《ふく》で、手《て》に手《て》に金《きん》のチューリップをささげてもち、まっ黒《くろ》な馬《うま》にのって、両《りょう》わきにしたがいました。王女《おうじょ》ご自身《じしん》は、雪《ゆき》とみまがうような白馬《はくば》に、ダイヤモンドとルビイのかざりをつけてのっていました。お召《めし》の乗馬服《じょうばふく》は、純《じゅん》金《きん》の糸《いと》を織《お》ったものでした、手《て》にもったむちは、お日《ひ》さまの光《ひかり》のようにきらきらしました。あたまにのせた金《きん》のかんむりは、大空《おおぞら》のちいさな星《ほし》をちりばめたようですし、そのマントはなん千《ぜん》とないちょ・ち・ょ・う・のはねをあつめて、縫《ぬ》いあわせたものでした。そのくせ、そんなにしてかざり立《た》てたのこらずの衣裳《いしょう》も、王女《おうじょ》みずからのうつくしさにはおよびませんでした。

ヨハンネスは、王女《おうじょ》をみたせつな、顔《かお》いちめんかっと赤《あか》くほてって、ただひとしずくの血《ち》のしたたりのようになりました。もうひと言《こと》ものがいえなくなりました。まあ、この王女《おうじょ》は、おとうさんのなくなった晩《ばん》、ヨハンネスが夢《ゆめ》でみた、あの金《きん》のかんむりのうつくしいむすめにそっくりなのです。あんまりうつくしいので、いやおうなしに、いきなり大好《だいす》きにさせられてしまいました。この人《ひと》が、じぶんのかけたなぞが、そのとおりにとけないといって、ひとの首《くび》をしめたり、きらせたりするわるい魔法《まほう》つかいの女《おんな》だなんて、そんなはずがあるものか。「たれでも、それは、この上《うえ》ないみじめなこじきでも、お姫《ひめ》さまに結婚《けっこん》を申《もう》し込《こ》むことはかまわないということだ。よし、ぼくもお城《しろ》へでかけよう。

「どうしたっていかずにはいられないもの。」

ところでみんなは、口《くち》をそろえて、そんなまねはしないがいい、ほかのものと同様《どうよう》、うきめをみるにきまっているといいました。

旅《たび》なかまも、やはり、おもいとまるようにいいきかせました。でも、ヨハンネスは、大《だい》じょうぶ、うまくやってみせますといって、くつと上着《うわぎ》のちりをはらって、顔《かお》と手足《てあし》をあらって、みごとな金髪《きんぱつ》にくしを入《い》れました。

それからひとりで町《まち》へでていって、お城《しろ》の門《もん》まで来《き》ました。

「おはいり。」ヨハンネスが戸《と》をたたくと、なかで、お年《とし》よりの王《おう》さまがおこたえになりました。――ヨハンネスがあけてはいると、ゆったりした朝着《あさぎ》のすがたに、縫《ぬ》いとりした上《うわ》ぐつをはいた王《おう》さまが、出《で》ておいでになりました。王冠《おうかん》をあたまにのせて、王《おう》しゃくを片手《かたて》にもって、王《おう》さまのしるしの地球儀《ちきゅうぎ》の珠《たま》を、もうひとつの手《て》にのせていました。

「ちょっとお待《ま》ちよ。」と、王《おう》さまはいって、ヨハンネスに手《て》をおだしになるために、珠《たま》を小《こ》わきにおかかえに

なりました。ところが、結婚申込《けっこんもうしこみ》に来《き》た客《きゃく》だとわかると、王《おう》さまはさっそく泣《な》きだして、しゃくも珠《たま》も、ゆかの上《うえ》にころがしたなり、朝着《あさぎ》のそでで、涙《なみだ》をおふきになるしまつでした。おきのどくな老王《ろうおう》さま。

「それは、およし。」と、王《おう》さまはおっしゃいました。「ほかのもの同様《どうよう》、いいことはないよ。では、おまえにみせるものがある。」

そこで、王《おう》さまは、ヨハンネスを、王女《おうじょ》の遊園《ゆうえん》につれていきました。なるほどすごい有様《ありさま》です。どの木《き》にもどの木《き》にも、三人《さんにん》、四人《よにん》と、よその国《くに》の王《おう》さまのむすこたちが、ころされてぶら下《さ》がっていました。王女《おうじょ》に結婚《けっこん》を申《もう》し込《こ》んで、もちだしたなぞをいいあてることができなかった人《ひと》たちです。風《かぜ》がふくたんびに、死人《しびと》の骨《ほね》がからから鳴《な》りました。それを、小鳥《ことり》たちもこわがって、この遊園《ゆうえん》には寄《よ》りつきません。花《はな》という花《はな》は、人間《にんげん》の骨《ほね》にいわいつけてありました。植木《うえき》ばちには、人間《にんげん》のしゃりッ骨《こつ》が、うらめしそうに歯《は》をむきだしていました。まったく、これが王《おう》さまのお姫《ひめ》さまの遊園《ゆうえん》とはうけとれない、ふうがわりのものでした。

「ほらね、このとおりだ。」お年《とし》よりの王《おう》さまは、おっしゃいました。「いずれおまえも、ここにならんでいる人《ひと》たちとそっくりおなじ身《み》の上《うえ》になるのだから、これだけはどうかやめておくれ。わたしになさけないおもいをさせないでおくれ。わしは心《こころ》ぐるしくてならないのだからな。」

ヨハンネスは、この心《こころ》のいいお年《とし》よりの王《おう》さまのお手《て》にせっぷんしました。そうして、わたくしはうつくしいお姫《ひめ》さまを心《こころ》のそこからしたっています。きっと、うまくいくつもりですといいました。

　そういっているとき、当《とう》のお姫《ひめ》さまが、侍女《じじょ》たちのこらず引《ひ》きつれて、馬《うま》にのったまま、お城《しろ》の中庭《なかにわ》へのり込《こ》んで来《き》ました。そこで、王《おう》さまも、ヨハンネスもそこへいってあいさつしました。お姫《ひめ》さまはそれこそあでやかに、ヨハンネスに手《て》をさし出《だ》しました。それで、よけい好《す》きになりました。世間《せけん》の人《ひと》たちがうわさするように、このひとがそんなわるい魔法《まほう》つかいの女《おんな》なぞであるわけがありません。それから、みんなそろって広間《ひろま》へあがると、かわいいお小姓《こしょう》たちが、くだもののお砂糖漬《さとうづけ》だの、くるみのこしょう入《い》りのお菓子《かし》だのをだしました。でも、王《おう》さまはかなしくて、なんにもお口《くち》に入《い》れるどころではなく、それに、くるみのこしょう入《いり》お菓子《かし》はかたくて、お年《とし》よりには歯《は》が立《た》ちませんでした。

さて、ヨハンネスは、そのあくる日《ひ》、またあらためてお城《しろ》へくることになりました。そこに審判官《しんぱんかん》と評定官《ひょうじょうかん》のこらずがあつまって、問答《もんどう》をきくことになっていました。はじめの日《ひ》うまく通《とお》れば、そのあくる日《ひ》また来《こ》られます。でも、これまでは、もう最初《さいしょ》の日《ひ》からうまくいったためしがないのです。そうなれば、いやでもいのちひとつふいにしなくてはなりません。

ヨハンネスは、いったいどうなるかなんのという心配《しんぱい》はしません。ただもううきうきと、うつくしいお姫《ひめ》さまのことばかりかんがえていました。そうしておめぐみぶかい神《かみ》さまが、きっとたすけてくださるとかたく信《しん》じていました。ではどういうふうにといっても、それはわかりません。そんなことはかんがえないほうがいいとおもっていました。そこで、宿《やど》へかえる道道《みちみち》も、往来《おうらい》をおどりおどりくると、旅《たび》なかまが待《ま》ちかまえていました。

ヨハンネスは、王女《おうじょ》がやさしくもてなしてくれたこと、いかにもうつくしいひとだということ、それからそれとめどなく話《はな》しました。あしたはいよいよお城《しろ》へでかけて、みごとになぞをいいあてて、運《うん》だめしをするのだといって、もうそればかり待《ま》ちこがれていました。

けれども、旅《たび》なかまは、かぶりをふって、うかない顔《かお》をしていました。

「わたしは、とてもきみを好《す》いているのだ。」と、旅《たび》なかまはいいました。「だから、おたがいこれからもながくいっしょにいたいとおもうのに、これなりおわかれにならなくてはならない。ヨハンネス、きみはきのどくなひとだよ。わたしは泣《な》きたくてならないが、こうしているのも今夜《こんや》かぎりだろうから、せっかくのきみのたのしみをさまたげるでもない。愉快《ゆかい》にしていようよ。大《おお》いに愉快《ゆかい》にね。泣《な》くことなら、あす、きみのでていったあとで、存分《ぞんぶん》に泣《な》けるからな。」

お姫《ひめ》さまのところへ、あたらしい結婚《けっこん》の申《もう》し込《こ》み手《て》がやって来《き》たことを、もうさっそく町《まち》じゅうの人《ひと》たちが知《し》っていました。それで、たれも大《おお》きなかなしみにおそわれました。芝居《しばい》は木戸《きど》をしめたままです。お菓子屋《かしや》さんたちは申《もう》しあわせたように、小《こ》ぶたのお砂糖人形《さとうにんぎょう》を黒《くろ》い、喪《も》のリボンで巻《ま》きました。王《おう》さまは、お寺《てら》で坊《ぼう》さんたちにまじって、神《かみ》さまにお祈《いの》りをささげました。どこもかしこもしめっぽいことでした。それはどうせ、ヨハンネスだけに、これまでのひとたちとちがったいい目《め》が出《で》ようとは、たれにもおもえなかったからでした。

その夕方《ゆうがた》、旅《たび》なかまは、大《おお》きなはちにいっぱい、くだもののお酒《さけ》のポンスをこしらえて来《き》て、それでは大《おお》いに愉快《ゆかい》にやって、ひとつ王女殿下《おうじょでんか》の健康《けんこう》をいわって乾杯《かんぱい》しようといいました。ところが、ヨハンネスは、コップに二《に》はいのむと、もうすっかりねむくなって、目《め》をあけていることができなくなり、そのままぐっすり寝込《ねこ》んでしまいました。旅《たび》なかまは、ヨハンネスをそっといすからだき上《あ》げて寝床《ねどこ》に入《い》れました。夜《よ》がふけて、そとはまっくらやみになりました。旅《たび》なかまは、れいのはくちょう・・・から切《き》りとった二枚《にまい》の大《おお》きなつばさを、しっかりと、肩《かた》にいわいつけました。そうして、あのころんで足《あし》をくじいたおばあさんからもらった三本《さんぼん》のむちのなかの、いちばんながいのをかくしにつっこむと、窓《まど》をあけて、町《まち》の丘《おか》から、お城《しろ》のほうへ、ひらひらとんでいきました。それから王女《おうじょ》の寝《ね》べやの窓下《まどした》に来《き》て、そっと片《かた》すみにしのんでいました。

町《まち》はひっそりしていました。ちょうど時計《とけい》は十二時《じゅうにじ》十五分《じゅうごふん》まえをうったところです。ふと窓《まど》があいたとおもうと、王女《おうじょ》はながい白《しろ》マントの上《うえ》に、まっ黒《くろ》なつばさをつけて、ひらりと舞《ま》い上《あ》がりました。町《まち》の空《そら》をつっきって、むこうの大《おお》きな山《やま》のほうへとんでいきました。ところで、旅《たび》なかまは、王女《おうじょ》に気《き》づかれないように、からだをみえなくしておいて、そのあとを追《お》いながら、王女《おうじょ》をむちでうちました。うたれるそばから、ひどく血《ち》がでました。ほほう、たいへんな空《そら》の旅《たび》があったものですね。風《かぜ》が王女《おうじょ》のマントを、それこそ大《おお》きな舟《ふね》の帆《ほ》のように、いっぱいにふくらませて行《い》く上《うえ》から、ほんのりとお月《つき》さまの光《ひかり》がすけてみえました。

「おお、ひどいあられだ、ひどいあられだ。」

王女《おうじょ》は、むちのあたるたんびにこういいました。なに、ぶたれるのはあたりまえです。それでもやっと山《やま》まで来《き》て、とんとん戸《と》をたたきましたとたんに、ごろごろひどいかみなりの音《おと》がして、山《やま》はぱっくり口《くち》をあきました。王女《おうじょ》はなかへはいりました。旅《たび》なかまもつづいてはいりました。でも、姿《すがた》がみえなくしてあるので、たれも気《き》がつきません。ふたりがながい廊下《ろうか》をとおっていくと、両《りょう》側《がわ》の壁《かべ》が奇妙《きみょう》にきらきら光《ひか》りました。それは、なん千《ぜん》となない火《ひ》ぐもが、壁《かべ》の上《うえ》をぐるぐるかけまわって、火花《ひばな》のように光《ひか》るためでした。それから、金《きん》と銀《ぎん》でつくってある大広間《おおひろま》にはいりました。そこには、ひまわりぐらい大《おお》きい赤《あか》と青《あお》の花《はな》が、壁《かべ》できらきらしていました。でもその花《はな》をつむことはできません。というのは、その花《はな》のじくがきみのわるい毒《どく》へびで、花《はな》というのも、その大《おお》きな口《くち》からはきだすほのおだからです。天井《てんじょう》には、いちめん、ほたるが光《ひか》っているし、空《そら》いろのこうもりが、うすいつばさをばたばたさせていました。じつになんともいえないかわったありさまでした。ゆかのまん中《なか》に、王《おう》さまのすわるいすがひとつすえてあって、これを四頭《よんとう》の馬《うま》のがい骨《こつ》が背中《せなか》にのせていました。その馬具《ばぐ》はまっ赤な火《ひ》ぐもでした。さて、そのいすは、乳《ちち》いろしたガラスで、座《ざ》ぶとんというのも、ちいさな黒《くろ》ねずみがかたまって、しっぽをかみあっているものでした。いすの上《うえ》に、ばらいろのくもの巣《す》でおった天蓋《てんがい》がつるしてあって、それにとてもきれいなみどり色《いろ》したかわいいはえが、宝石《ほうせき》をちりばめたようにのっていました。ところで、王冠《おうかん》をかぶって、王《おう》しゃくをかまえて、にくらしい顔《かお》で、王《おう》さまのいすにじいさんの魔法《まほう》つかいが、むんずと座《ざ》をかまえていました。魔法《まほう》つかいはそのとき、王女《おうじょ》のひたいにせっぷんすると、すぐわきのりっぱないすにかけさせました。やがて音楽《おんがく》がはじまりました。大《おお》きな黒《くろ》こおろぎが、ハーモニカをふいて、ふくろうが太鼓《たいこ》のかわりに、はねでおなかをたたきました。それは、とぼけた音楽《おんがく》でした。かわいらしい、豆粒《まめつぶ》のような小鬼《こおに》どもは、ずきんに鬼火《おにび》をつけて、広間《ひろま》のなかをおどりまわりました。こんなにみんないても、たれにも旅《たび》なかまの姿《すがた》はみえませんでしたから、そっと王《おう》さまのいすのうしろに立《た》ってて、なにもかもみたりきいたりしました。さて、そこへひとかど、もったいらしく気《き》どって、魔法御殿《まほうごてん》のお役人《やくにん》や女官《にょかん》たちが、しゃなりしゃなり出《で》て来《き》ました。でも正《ただ》しくもののみえる目《め》でみますと、すぐとばけの皮《かわ》があらわれました。それはほうきの柄《え》にキャベツのがん首《くび》をすげたばけもので、それが縫《ぬ》いとりした衣裳《いしょう》を着《き》せてもらって、魔法《まほう》つかいの魔法《まほう》で、息《いき》を吹《ふ》き込《こ》んでもらって、動《うご》いているだけでした。どのみち、こけおどかしにしていたことで、なにがどうだってかまったことはありません。

しばらくダンスがあったあとで、王女《おうじょ》は魔法《まほう》つかいに、あたらしく、結婚《けっこん》の申《もう》し込《こ》み手《て》の来《き》たことを話《はな》しました。それで、あしたの朝《あさ》お城《しろ》へやってくるが、相手《あいて》をためすには、なにを心《こころ》におもっていることにしようか、相談《そうだん》をかけました。

「よろしい、おききなさいよ。」と、魔法《まほう》つかいはいいました。「まぁ、なんでもごくたやすいことをかんがえるのさ。すると、かえって、わからないものだ。そう、じぶんのくつのことでもかんがえるのだなぁ。それならまずあたるまい。それで首《くび》をきらせてしまう。ところで、あすの晩《ばん》くるとき、その男《おとこ》の目《め》だまをもってくることを、わすれないようにな。久《ひさ》しぶりでたべたいから。」

王女《おうじょ》は、ていねいにあたまをさげて、目《め》だまはわすれずにもって来《き》ますといいました。魔法《まほう》つかいが山《やま》をあけてやりますと、王女《おうじょ》はお城《しろ》へとんでかえりました。でも、旅《たび》なかまはどこまでもあとについていって、したたかむちでぶちました。王女《おうじょ》は、あられがひどい、ひどいとこぼし、こぼし、一生《いっしょう》けんめいにげて、やっと寝《ね》べやの窓《まど》から、なかへはいりました。旅《たび》なかまも、それなり宿《やど》のほうへとんでかえっていきますと、ヨハンネスは、まだねむったままでしたから、そっとつばさをぬいで、じぶんも床《とこ》にはいりました。なにしろ、ずいぶんつかれていたでしょうからね。

さて、あくる日《ひ》まだくらいうちから、ヨハンネスは目《め》をさましました。旅《たび》なかまもいっしょに起《お》きて、じつにゆうべはふしぎで、お姫《ひめ》さまと、それからお姫《ひめ》さまのくつの夢《ゆめ》をみたという話《はなし》をして、だから、ためしに、お姫《ひめ》さま、あなたはごじぶんのくつのことをおもって、それをきこうとなさるのでしょうといってごらん、といいました、これは、山《やま》で魔法《まほう》つかいのいったことばを、そっくりきいていっているだけなのですが、そんなことはおくびにもださず、ただ、王女《おうじょ》がじぶんのくつのことをかんがえていやしないか、きいてみよとだけいったのです。

「ぼくにしてみれば、なにをどうこたえるのもおなじです。」と、ヨハンネスはいいました。「たぶんあなたが夢《ゆめ》でごらんになったとおりでしょう。それはいつだって、やさしい神《かみ》さまが、守《まも》っていてくださるとおもって、安《あん》心《しん》しているのですからね。けれど、おわかれのごあいさつだけはしておきましょうよ。答《こたえ》をまちがえれば、もう、二《に》どとおめにかかれないんですから。」

そこで、ふたりはせっぷんしあいました。やがて、ヨハンネスは、町《まち》へでて、お城《しろ》にはいって行《ゆ》きました。大広間《おおひろま》には、もういっぱい人《ひと》があつまっていました。審判官《しんぱんかん》はよりかかりのあるいすに、からだをうずめて、ふんわりと鳥《とり》のわた毛《げ》を入《い》れたまくらを、あたまにかっていました。なにしろこのひとたちは、たくさんにものをかんがえなくてはならないのでしてね。そのとき、お年《とし》よりの王《おう》さまは立《た》ち上《あ》がって、白《しろ》いハンカチを目《め》におあてになりました。するうち、お姫《ひめ》さまがはいって来《き》ました。きのうみたよりまた一《いち》だん立《た》ちまさってうつくしく、一同《いちどう》にむかって、にこやかにあいさつしました。でも、ヨハンネスには、わざわざ手《て》をさしのべて、「あら、おはようございます。」といいました。

さて、ヨハンネスがいよいよ、お姫《ひめ》さまのかんがえていることをあてるだんになりました。まあ、そのとき、お姫《ひめ》さまは、なんという人《ひと》なつこい目《め》で、ヨハンネスをみたことでしょう。ところが、ヨハンネスの口《くち》から、ただひとこと「くつ」とでたとき、お姫《ひめ》さまの顔《かお》はさっとかわって、白墨《はくぼく》ように白《しろ》くなりました。そうして、からだじゅう、がたがたふるえていました。けれどもう、どうにもなりません。みごと、ヨハンネスはいいあてたのですもの。

ほほう、ほほう。お年《とし》よりの王《おう》さまは、どんなにうれしかったでしょう。あんまりうれしいので、みごとなとんぼをひとつ、王《おう》さまはきっておみせになりました。すると、みんなもうれしがって手《て》をたたいて、王《おう》さまと、それから、はじめてみごとにいいあてたヨハンネスを、はやし立《た》てました。

旅《たび》なかまも、まずうまくいったときいて、ほっとしました。ヨハンネスは、でも、手《て》をあわせて、神《かみ》さまにお礼《れい》をいいました。そして、神《かみ》さまは、あとの二《に》どもきっと守《まも》ってくださるにちがいないとおもいました。さて、あくる日《ひ》もつづいてためされることになっていました。

その晩《ばん》も、ゆうべのようにすぎました。ヨハンネスがねむっているあいだに、旅《たび》なかまは、王女《おうじょ》のあとについて、山《やま》までとぶ道道《みちみち》、こんどはむちも二本《にほん》もちだして来《き》て、まえよりもひどく王女《おうじょ》をぶちました。旅《たび》なかまはだれにも見《み》られないで、なにもかも耳《みみ》に入《い》れて来《き》ました。王女《おうじょ》は、あしたは手袋《てぶくろ》のことをかんがえるはずでしたから、そのとおりをまた、夢《ゆめ》にみたようにして、ヨハンネスに話《はな》しました。ヨハンネスはこんどもまちがいなくいいあてたので、お城《しろ》のなかはよろこびの声《こえ》があふれました。王《おう》さまがはじめしておみせになったように、こんどは御殿《ごてん》じゅうが、そろってとんぼをきりました。そのなかで王女《おうじょ》は、ソファに横《よこ》になったなり、ただひとことも物《もの》をいいませんでした。さて、こうなると、三《さん》どめも、みごとヨハンネスにいいあてられるかどうか、なにごともそれしだいということになりました。それさえうまくいけば、うつくしいお姫《ひめ》さまをいただいた上《うえ》、お年《とし》よりの王《おう》さまのおなくなりなったあとは、そっくり王国《おうこく》をゆずられることになるのです。そのかわり、やりそこなうと、いのちをとられたうえ、魔法《まほう》つかいが、きれいな青《あお》い目《め》だまをぺろりとたべてしまうでしょう。

その晩《ばん》も、ヨハンネスは、はやくから寝床《ねどこ》にはいって、晩《ばん》のお祈《いのり》をあげて、それですっかり安心《あんしん》してねむりました。ところが、旅《たび》なかまは、ねむるどころではありません。きれいのつばさをせなかにいわいつけて、剱《つるぎ》を腰《こし》につるして、むちも三本《さんぼん》ともからだにつけて、それから、お城《しろ》へとんでいきました。

そとは、目《め》も鼻《はな》もわからないいやみ夜《よ》でした。おまけにひどいあらしで、屋根《やね》の石《いし》かわらはけしとぶし、女王《じょおう》の遊園《ゆうえん》のがい骨《こつ》のぶら下《さ》がっている木《き》も、風《かぜ》であしのようにくなくなにまがりました。もうしきりなし稲光《いなびかり》がして、かみなりがごろごろ、ひと晩《ばん》じゅうやめないつもりらしく、鳴《な》りつづけました。やがて、窓《まど》がぱあっとあいて、王女《おうじょ》は、とびだしました。その顔《かお》は「死《し》」のように青《あお》ざめていましたが、このひどいお天気《てんき》を、それでもまだ荒《あ》れかたが足《た》りないといいたそうにしていました。王女《おうじょ》の白《しろ》マントは風《かぜ》にあおられて、空《そら》のなかを舞《ま》いながら、大《おお》きな舟《ふね》の帆《ほ》のように、くるりくるりまくれ上《あ》がりました。ところで、旅《たび》なかまは、れいの三本《さんぼん》のむちで、びしびしと、それこそ地《じ》びたにぽたりぽたり、血《ち》のしずくがしたたりおちるほどぶちましたから、もうあぶなく途中《とちゅう》でとべなくなるところでした。でもどうにかこうにか、山《やま》までたどりつきました。

「どうもひどいあられでしたの。」と、王女《おうじょ》はいいました。「こんなおてんきにそとへでたのははじめて。」

「その代《かわ》り、こんどは、よすぎてこまることもあるさ。」

と、魔法《まほう》つかいはいいました。

王女《おうじょ》はそのとき、二《に》どまでうまくいいあてられたことを話《はな》して、あしたまたうまくやられて、いよいよヨハンネスが勝《か》ちときまると、もう二度《にど》と山《やま》へは来《こ》られないし、魔法《まほう》もつかえなくなるというので、すっかりしょげかえっていました。

「こんどこそはあたらないよ。」と、魔法《まほう》つかいはいいました。「なにかその男《おとこ》のとてもかんがえつかないことをおもいつこう。万一《まんいち》、これがあたるようなら、その男《おとこ》はわしよりずっとえらい魔法《まほう》つかいにちがいなかろう。だが、まあ愉快《ゆかい》にやろうよ。」

そういって、魔法《まほう》つかいは、王女《おうじょ》の両手《りょうて》をとって、ちょうどそのへやにいた小鬼《こおに》や鬼火《おにび》などと輪《わ》をつくって、いっしょにおどりました。すると、壁《かべ》の赤《あか》ぐもまでが、上《うえ》へ下《した》へとおもしろそうにとびまわって、それはまるで火花《ひばな》が火《ひ》の子《こ》をとばしているようにみえました。ふくろうは太鼓《たいこ》をたたくし、こおろぎは口《くち》ぶえをふく、黒《くろ》きりぎりすは、ハーモニカをならしました。どうしてなかなかにぎやかな舞踏会《ぶとうかい》でした。

みんなが、たっぷりおどりぬいてしまうと、王女《おうじょ》は、もうここらでかえりましょう、お城《しろ》が大《おお》さわぎになるからといいました。そこで、魔法《まほう》つかいは、せめて途中《とちゅう》まででいっしょにいられるように、そこまで送《おく》っていくといいました。

そこで、ふたりは、ひゅうひゅう、ひどいあらしのふくなかへとびだしました。旅《たび》なかまは、ここぞと三本《さんぼん》のむちで、ふたりのせなかをもくだけよとばかり、したたかぶちのめしました。さすがの魔法《まほう》つかいも、これほどはげしいあられ空《ぞら》に、そとへでたのははじめてでした。さて、お城《しろ》ちかくまで来《き》たとき、いよいよわかれぎわに、魔法《まほう》つかいは王女《おうじょ》の耳《みみ》のはたに口《くち》を寄《よ》せて、

「わしのあたまをかんがえてこらん。」といいました。けれども、旅《たび》なかまは、それすらのこらず耳《みみ》にしまい込《こ》んでしまいました。そうして、王女《おうじょ》が窓《まど》からすべりこむ、魔法《まほう》つかいが引《ひ》っかえそうとするとたん、ぎゅッと魔法《まほう》つかいのながい黒《くろ》ひげをつかむがはやいか、剱《つるぎ》をひきぬいて、そのにくらしい顔《かお》をした首《くび》を、肩《かた》のつけ根《ね》からずばりと切《き》りおとしました。まるで、相手《あいて》にこちらの顔《かお》をみるすきさえあたえなかったのです。さて、その首《くび》のな

いむくろは、みずうみの魚《さかな》に投《な》げてやりましたが、首《くび》だけは、水《みず》でよくあらって、絹《きぬ》のハンケチにしっかりくるんで、宿《やど》までかかえて、もってかえって、ゆっくり床《とこ》に休《やす》んで寝《ね》ました。

そのあくる朝《あさ》、旅《たび》なかまは、ヨハンネスに、ハンケチの包《つつみ》をさずけて、王女《おうじょ》が、いよいよじぶんのかんがえているものはなにかといって問《と》いかけるまで、けっして、むすび目《め》をほどいてはいけないといいました。

お城《しろ》の大広間《おおひろま》には、ぎっしり人《ひと》がつまって、それはまるで、だいこんをいっしょにして、たばにくくったようでした。評定官《ひょうじょうかん》は、れいのとおり、ながながといすによ

りかかって、やわらかなまくらをあたまにあてがってい
ました。老王《ろうおう》さまは、すっかり、あたらしいお召《めし》ものに
着《き》かえて、金《きん》のかんむりもしゃくも、ぴかぴかみがき立《た》
てて、いかめしいごようすでした。それにひきかえ、お
姫《ひめ》さまのほうは、もうひどく青《あお》い顔《かお》をして、おとむらい
にでもいくような、黒《くろ》ずくめの服《ふく》でした。

「なにを、わたしはかんがえていますか。」

王女《おうじょ》は、ヨハンネスにたずねました。

すぐ、ヨハンネスは、ハンケチのむすび目《め》をほどきま
した。すると、いきなり、魔法《まほう》つかいの首《くび》が、目《め》にはいっ
たので、たれよりもまずじぶんがぎょっとしました。あ

んまり、すごいものをみせられて、みんなもがたがたふるえだしました。そのなかで、王女《おうじょ》はひとり、石像《せきぞう》のようにじいんとすわり込《こ》んだなり、ひとこともものがいえませんでした。それでも、やっと立《た》ち上《あ》がって、ヨハンネスに手《て》をさしのべました。なにしろ、みごとにいいあてられてしまったのです。王女《おうじょ》は、もう、たれの顔《かお》をみようともしないで、大《おお》きなため

息《いき》ばかりついていました。

「さあ、あなたは、わたしの夫《おっと》です。今晩《こんばん》、式《しき》をあげましょう。」

「そうしてくれると、わしもうれしい。」と、お年《とし》よりの王《おう》さまはいいました。「ぜひ、そういうことにしよう。」

みんなは、万歳《ばんざい》をとなえました。近衛《このえ》の兵隊《へいたい》は、音楽《おんがく》をやって、町《まち》じゅうねりあるきました。お寺《てら》の鐘《かね》は鳴《な》りだしますし、お菓子屋《かしや》のおかみさんたちは、お砂糖《さとう》人形《にんぎょう》の黒《くろ》い喪《も》のリボンをどけました。どこにもここにも、たいへんなよろこびが、大水《おおみず》のようにあふれました。三《さん》頭《とう》の牛《うし》のおなかに、小《こ》がもやにわとりをつめたまま、丸《まる》焼《やき》にしたものを、市場《いちば》のまん中《なか》にもちだして、たれでも、ひと切《き》れずつ、切《き》ってとっていけるようにしました。噴《ふん》水《すい》からは、とびきり上等《じょうとう》のぶどう酒《しゅ》がふきだしていました。パン屋《や》で一《いち》シリングの堅《かた》パンひとつ買《か》うと、大《おお》きなビスケットを六《むっ》つ、しかも乾《ほし》ぶどうのはいったのを、おまけにくれました。景物《けいぶつ》にくれました。

晩《ばん》になると、町《まち》じゅうあかりがつきました。兵隊《へいたい》はどんどん祝砲《しゅくほう》を放《はな》しますし、男《おとこ》の子《こ》たちはかんしゃく玉《だま》をぱんぱんいわせました。お城《しろ》では、のんだり、たべたり、祝杯《しゅくはい》をぶつけあったり、はねまわったり、紳士《しんし》も、うつくしい令嬢《れいじょう》たちも、組《くみ》になって、ダンスをして、そのうたう歌《うた》が遠方《えんぽう》までききこえて来《き》ました。

ダンス輪《わ》おどり大《だい》すきな
みんなきれいなむすめたち、
まわるよまわるよ糸車《いとぐるま》。
くるりくるりと踊《おど》り子《こ》むすめ、
おどれよ、はねろよ、いつまでも、
くつのかかとのぬけるまで。

さて、ご婚礼《こんれい》はすませたものの、お姫《ひめ》さまは、まだ、もとの魔法《まほう》つかいのままでしたから、ヨハンネスをまるでなんともおもっていませんでした。そこで、旅《たび》なかまは心配《しんぱい》して、れいのはくちょうのつばさから三本《さんぼん》のはねをぬきとって、それと、ほんのちょっぴり、くすりの水《みず》を入《い》れた小《こ》びんをヨハンネスにさずけました。そうして、おしえていうのには、水《みず》をいっぱいみたした大《おお》きなたらいを、お姫《ひめ》さまの寝台《しんだい》のまえにおく、お姫《ひめ》さまが、知《し》らずに寝台《しんだい》へ上《あ》がるところを、うしろからちょいと突《つ》けば、お姫《ひめ》さまは水《みず》のなかにおちる。たらいの水《みず》には、前《まえ》もって、三本《さんぼん》の羽《はね》をうかして、くすりの水《みず》を二《に》、三滴《さんてき》たらしておいて、その水《みず》に三《さん》どまで、お姫《ひめ》さまをつけて、さて、引《ひ》き上《あ》げると、魔法《まほう》の力《ちから》がきれいにはなれて、それからは、ヨハンネスをだいじにおもうようになるだろうというのです。

ヨハンネスは、おしえられたとおりにしました。王女《おうじょ》は水《みず》に落《お》ちたとき、きゃっとたかいさけび声《ごえ》を立《た》てたとおもうと、ほのおのような目《め》をした、大《おお》きな、黒《くろ》いはくちょうになって、おさえられている手《て》の下《した》で、ばさばさやりました。二《に》どめに、水《みず》からでてくると、黒《くろ》いはくちょうはもう白《しろ》くなっていて、首《くび》のまわりに、黒《くろ》い輪《わ》が、二《ふた》つ三《みっ》つのこっているだけでした。ヨハンネスは、心《こころ》をこめて神《かみ》さまにお祈《いのり》をささげながら、三《さん》ど、はくちょうに水《みず》をあびせました。そのとたん、はくちょうはうつくしいお姫《ひめ》さまにかわりました。お姫《ひめ》さまは、まえよりもなおなおうつくしくなって、きれいな目《め》にいっぱい涙《なみだ》をうかべながら、魔法《まほう》をといてくれたお礼《れい》をのべました。

その次《つぎ》の朝《あさ》、老王《ろうおう》さまは、御殿《ごてん》じゅうの役人《やくにん》のこらずをひきつれて出《で》ておいでになりました。そこで、お祝《いわい》をいいにくるひとたちが、その日《ひ》はおそくまで、あとからあとからつづきました。いちばんおしまいに来《き》たのは、旅《たび》なかまでしたが、もうすっかり旅《たび》じたくで、つえをついて、はいのうをしょっていました。ヨハンネスは、その顔《かお》をみると、なんどもなんどもほおずりして、もうどうか旅《たび》なんかしないで、このままここにいてください。

こんなしあわせな身分《みぶん》になったのも、もとはみんなあなたのおかげなのだからといいました。けれども、旅《たび》なかまは、かぶりをふって、でも、あくまでやさしい、人《ひと》なつこいちょうしでいいました。

「いいや、いいや、わたしのかえっていく時《とき》が来《き》たのだ。わたしはほんの借《かり》をかえしただけだ。きみはおぼえていますか、いつか、わるものどものためにひどいはずかしめを受《う》けようとした死人《しびと》のことを。あのときみは、持《も》っていたもののこらず、わるものどもにやって、その死人《しびと》をしずかに墓《はか》のなかに休《やす》ませてくれましたね。その死人《しびと》が、わたしなのですよ。」

こういうがはやいか、旅《たび》なかまの姿《すがた》は消《き》えました。

さて、ご婚礼《こんれい》のおいわいは、まるひと月《つき》もつづきました。ヨハンネスと王女《おうじょ》とは、もうおたがいに、心《こころ》のそこから好《す》きあっていました。老王《ろうおう》さまは、もう毎日《まいにち》、たのしい日《ひ》を送《おく》っておいでになりました。かわいらしいお孫《まご》さんたちを、かわるがわるおひざの上《うえ》にのせて、かってにはねまわらせたり、

しゃくをおもちゃにしてあそばせたりなさいました。ヨハンネスはかわりに、王《おう》さまになって、王国《おうこく》のこらずおさめることになりました。

旅なかま

【凡例】

・本編「旅なかま」は、青空文庫作成の文字データを使用した。

底本：「新訳アンデルセン童話集第一巻」同和春秋社
　　　1955（昭和30）年7月20日初版発行

※「旧字、旧仮名で書かれた作品を、現代表記にあらためる際の作業指針」に基づいて、底本の表記をあらためた。

※底本中、＊で示された語句の訳註は、当該語句のあるページの下部に挿入されているが、本書では当該語句のある段落のあとに、5字下げで挿入した。

入力：大久保ゆう

校正：秋鹿

2006年1月18日作成

・文字遣いは、青空文庫のデータによる。

・この作品には、今日からみれば不適切と思われる表現が含まれているが、作品の描かれた時代と、作品本来の価値に鑑み、底本のままとした。

・ルビは、青空文庫のものに加えて、新字新仮名のルビを付し、総ルビとした。

・追加したルビには文字遣いの他、読み方など格段の基準は設けていない。

ひこうかばん

むかし、あるとき、お金持《かねもち》の
あきんどがありました。どのく
らいお金持《かねもち》だといって、それは
町《まち》の大通《おおどおり》のこらず銀貨《ぎんか》で道《みち》をこ
しらえて、そのうえ横町《よこちょう》の小路《こうじ》
にまでそれをしきつめて、それ
でもまだあまるほどのお金《かね》を持《も》っていました。でも、こ
のあきんどは、そんなことはしません。もっとほかにお

金《かね》をつかうことをかんがえて、一《いち》ターレルになってもどってくる工夫《くふう》をしました。まあ、そんなにかしこいあきんどでしたが――そのうち、一《いち》シリングだせば、このあきんども死《し》にました。

そこで、むすこが、のこらずのお金《かね》をもらうことになりました。そうしてたのしくくらしました。毎晩《まいばん》、仮装舞踏会《かそうぶとうかい》へでかけたり、お札《さつ》でたこをはってあげたり、小石《こいし》の代《かわ》りに、金貨《きんか》で海《うみ》の水《みず》を打《う》ってあそんだりしました。まあこんなふうにすれば、いくらあっても、お金《かね》はさっさとにげていってしまうでしょう。とうとうむすこはたった四《よん》シリングの身代《しんだい》になってしまいました。身《み》につけているものといっては、うわぐつ一足《いっそく》と、古《ふる》どてらのねまきのほかには、なにもありません。こうなると、友《とも》だちも、いっしょに往来《おうらい》をあるくことをきまりわるがってまるでよりつかなくなりました。でもなかでひとり、しんせつな友《とも》だちがいて、ふるいかばんをひとつくれました。かばんのうえには、「これになにかおつめなさい。」とかいてありました。いやどうもこれはたいへんありがたいことでした。けれど、あいにくなにもつめるものがないので、むすこはじぶんがそのかばんのなかにはいっていました。

ところが、これが、とんだとぼけたかばんでした。錠《じょう》前《まえ》をおすといっしょに、空《そら》のうえにまい上《あ》がるのです。ひゅうッ、さっそく、かばんはひこうをはじめました。ふわりふわり、かばんはむすこをのせたまま、煙突《えんとつ》の穴《あな》をぬけて、雲《くも》をつきぬけて、とおくへとおくへとんでいきました。でも、かばんの底《そこ》が、みしみしいうたんびに、むすこは、はらはらしました。途中《とちゅう》でばらばらになって、空《そら》のうえからまっさかさまに木《こ》の葉《は》落《おと》しということになったら、すばらしいどころではありません。やれやれこわいこと、まあこんなふうにして、むすこは、トルコの国《くに》までいきました。そこでかばんを、ひとまず、森《もり》の落《お》ち葉《ば》のなかにかくして、町《まち》へけんぶつにでかけました。

けっこう、そのままのなりでね。なぜなら、トルコ人《じん》なかまでは、みんながこの男《おとこ》とおなじように、どてらのねまきをひきずって、うわぐつをはいていましたもの。ところで、むすこがきょろきょろしながらあるいていきますと、むこうから、どこかのばあやが、こどもをつれてくるのにであいました。

「ねえもし、トルコのばあやさん。」と、むすこはたずねました。「この町《まち》のすぐそとにある大《おお》きなお城《しろ》はどういうお城《しろ》ですね。ずいぶん高《たか》い所《ところ》に、窓《まど》がついていますね。」

「あれは、王《おう》さまのお姫《ひめ》さまのおすまいです。」と、ばあやがこたえました。「お姫《ひめ》さまは、お生《う》まれになるさっそく、なんでもたいへん運《うん》のわるいおむこさんをおむかえになるという、いやなうらないがでたものですから、そのわるいおむこさんのよりつけないように、王《おう》さまとお妃《きさき》さまがごいっしょにおいでのときのほか、だれもおそばにいけないのでよ。」

「いや、ありがとう。」

むすこはこういって、また森《もり》へもどっていきました。そうして、すぐかばんのなかにはいると、そのままお城《しろ》の屋根《やね》のうえへとんでいって、お姫《ひめ》さまのおへやの窓《まど》からそっとなかにはいりました。

お姫《ひめ》さまは、ソファのうえで休《やす》んでいました。それが、いかにもうつくしいので、むすこはついキスしずには、いられませんでした。それで、お姫《ひめ》さまは目《め》をさまして、たいそうびっくりした顔《かお》をしました。

でも、むすこは、こわがることはない、わたしは、トルコの神《かみ》さまで、空《そら》をあるいて、わざわざやって来《き》たのだといいますと、お姫《ひめ》さまはうれしそうににっこりしました。

ふたりはならんで腰《こし》をかけて、いろんな話《はなし》をしました。むすこはまず、お姫《ひめ》さまの目《め》のことを話《はな》しました。なんでもそれはこのうえなくきれいな黒《くろ》い水《みず》をたたえた、ふたつのみずうみで、うつくしいかんがえが、海《うみ》の人魚《にんぎょ》のように、そのなかでおよぎまわっているというのです。それから、こんどはお姫《ひめ》さまの額《ひたい》のことをいって、それは、このうえなくりっぱな広間《ひろま》と絵《え》のある雪《ゆき》の山《やま》だといいました。それから、かわいらしい赤《あか》ちゃんをもってくるこうのとりのことを話《はな》しました。

そう、どれもなかなかおもしろい話《はなし》でした。そこで、むすこは、お姫《ひめ》さまに、わたしのおよめさんになってくださいといいました、お姫《ひめ》さまは、すぐ「はい。」とこたえました。「でもこんどいらっしゃるのは土曜日《どようび》にしていただきますわ。」と、お姫《ひめ》さまはいいました。「その晩《ばん》は王《おう》さまとお妃《きさき》さまがここへお茶《ちゃ》においでになるのですよ。わたしそこでトルコの神《かみ》さまとご婚礼《こんれい》するのよといって上《あ》げたら、おふたりともずいぶん鼻《はな》をたかくなさるでしょう。でも、あなた、そのときはせいぜいおもしろいお話《はなし》をしてあげてくださいましね。両親《りょうしん》とも、たいへんお話《はなし》ずきなのですからね。おかあさまは、教訓《きょうくん》のある、高尚《こうしょう》なお話《はなし》が好《す》きですし、おとうさまは、わらえるような、おもしろいお話《はなし》が好《す》きですわ。」

「ええ、わたしは、お話《はなし》のほかには、なんにも、ご婚《こん》礼《れい》のおくりものをもってこないことにしましょう。」と、むすこはいいました。そうして、ふたりはわかれました。

でも、わかれぎわに、お姫《ひめ》さまは剣《けん》をひとふり、むすこにくれました。それは金貨《きんか》でおかざりがしてあって、むすこには、たいへんちょうほうなものでした。

そこで、むすこはまたとんでかえっていって、あたらしいどてらを一枚買《いちまいか》いました。それから、森《もり》のなかにすわって、お話《はなし》をかんがえました。土曜日《どようび》までにつくっておかなければならないのですが、それがどうしてようい なことではありませんでした。

さて、どうにかこうにか、お話《はなし》ができ上《あ》がると、もう土曜日《どようび》でした、

王《おう》さまとお妃《きさき》さまと、のこらずのお役人《やくにん》たちは、お姫《ひめ》

さまのところで、お茶《ちゃ》の会《かい》をして待《ま》っていました。むすこは、そこへ、たいそうていねいにむかえられました。

「お話《はなし》をしてくださるそうでございますね。」と、お妃《きさき》さまがおっしゃいました。「どうか、おなじくは、いみのふかい、ためになるお話《はなし》が伺《うかが》いとうございます。」

「さようさ。だが、ちょっとはわらえるところがあってもいいな。」と、王《おう》さまもおっしゃいました。

「かしこまりました。」と、むすこはこたえて、お話《はなし》をはじめました。そこで、みなさんもよくきくことにしてください——

『さて、あるとき、マッチの束《たば》がございました。そのマッチは、なんでもじぶんの生《う》まれのいいことをじまんにしていました。けいずをただすと、もとは大《おお》きな赤《あか》も・み・の木《き》で、それがちいさなマッチの軸木《じゅくぎ》にわられて出《で》てきたのですが、とにかく、森《もり》のなかにある古《ふる》い大木《たいぼく》ではありました。ところでマッチはいま、ほくち箱《ばこ》とふるい鉄《てつ》なべのあいだに坐《すわ》っていました。で、こういうふうに、若《わか》いときの話《はなし》をはじめました。マッチのいうには、「そうだ、わたしたちが、まだみどりの枝《えだ》のうえにいたときには、いや、じっさい、みどりの枝《えだ》のうえにいたのだからな。まあ、そのじぶんは毎日《まいにち》、朝《あさ》と晩《ばん》に、ダイヤモンドのお茶《ちゃ》をのんでいた。それはつまり、露《つゆ》のことだがね。

さて、日《ひ》がでさえすれば、一日《いちにち》のどかにお日《ひ》さまの光《ひかり》をあびる、そこへ小鳥《ことり》たちがやって来《き》て、お話《はなし》をしてきかせてくれたものだ。なんでも、わたしたちがたいそうなお金持《かねもち》だったということはよく分《わ》かる。なぜなら、ほかの広《ひろ》い葉《は》の木《き》たちは、夏《なつ》のあいだだけきものを着《き》るが、わたしたちの一族《いちぞく》にかぎって、冬《ふゆ》のあいだもずっと、みどりのきものを着《き》つづけていたものな。ところが、ある日《ひ》、木《き》こりがやってきて　森《もり》のなかにえらい革命《かくめい》さわぎをおこした、それで一族《いちぞく》は、ちりぢりばらばらになってしまった。でも、宗家《そうけ》のかしらは第一等《だいいっとう》の船《ふね》の親柱《おやばしら》に任《にん》命《めい》されたが、その船《ふね》はいつでも世界《せかい》じゅう漕《こ》ぎまわれるというりっぱな船《ふね》だ。ほかの枝《えだ》も、それぞれの職場《しょくば》におちついている。ところで、わたしたちは、いやしい人民《じんみん》どものために、あかりをともしてやるしごとを引《ひ》きうけた。そういうわけで、こんな台所《だいどころ》へ、身分《みぶん》のあるわれわれが来《き》たのも、まあはきだめにつる・・がおりたというものだ。」

「わたしのうたう歌《うた》は、すこし調子《ちょうし》がちがっている。」と、マッチのそばにいた鉄《てつ》なべがいいました。わたしが世《よ》の中《なか》に出《で》て来《き》たそもそもから、どのくらい、わたしのおなかで煮《に》たり沸《わ》かしたり、そのあとたわしでこすられたか分《わ》からない。わたしは徳用《とくよう》でも・・もちのよいことを心《こころ》がけているので、このうちではいちばんの古参《こさん》と立《た》てられるようになった。わたしのなによりのたのしみは、食事《しょくじ》のあとで、じぶんの居場所《いばしょ》におさまって、きれいにみがかれて、なかまのひとたちと、おたがいものののわかった話《はなし》をしあうことだ。バケツだけは、ときどき裏《うら》までつれていかれるが、そのほかのなかまは、いつでもうちのなかでくらしている。わたしたちのなかまで新聞種《しんぶんだね》の提供者《ていきょうしゃ》は、市場《いちば》がよいのバスケットだ。ところが、あの男《おとこ》は、政府《せいふ》や人民《じんみん》のことで、だいぶおだやかでない話《はなし》をする。それで、こないだも、古瓶《ふるがめ》のじいさんが、びっくりしてたなからころげおちて、こなごなにこわれたくらいだ。あいつは、自由主義《じゆうしゅぎ》だよ、まったく。」

「さあ、きみは、あんまりしゃべりすぎるぞ。」と、ほくち箱《ばこ》が、くちをはさみました。そして、火切石《ひきりいし》にかねをぶつけたので、ぱっと火花《ひばな》がちりました。

「どうだ、おたがいに、おもしろく、ひと晩《ばん》すごそうじゃないか。」

「うん、このなかで、だれがいちばん身分《みぶん》たかく生《う》まれてきたか、いいっこしようよ。」と、マッチがいいました。

「いいえ、わたくし、じぶんのことをとやかく申《もう》したくはございません。」と、石《いし》のスープ入《いれ》がこたえました。

「まあ、それよりか、たのしい夕《ゆう》べのあつまりということにいたしてはどうでございましょう。さっそく、わたくしからはじめますよ。わたくしは、じっさい出《で》あったお話《はなし》をいたしましょう、まあどなたもけいけんなさるようなことですね。そうすると、たれにもよういにそのばあいがそうぞうされて、おもしろかろうとおもうのでございます。さて、東海《とうかい》は、デンマルク領《りょう》のぶな林《ばやし》で――」

「いいだしがすてきだわ。この話《はなし》、きっとみんなおもしろがるわ。」と、お皿《さら》たちがいっせいにさけびました。

「さよう、そこのある、おちついた家庭《かてい》で、わたくしはわかい時代《じだい》をおくったものでしたよ。そのうちは、道《どう》具《ぐ》などがよくみがかれておりましてね。ゆかはそうじがゆきとどいておりますし、カーテンも、二週間《にしゅうかん》ごとに、かけかえるというふうでございました。」

「あなたは、どうもなかなか話《はなし》じょうずだ。」と、毛《け》ぼうきがいいました。「いかにも話《はな》し手《て》が婦人《ふじん》だということがすぐわかるようで、きいていて、なんとなく上品《じょうひん》で、きれいな感《かん》じがする。」

「そうだ。そんな感《かん》じがするよ。」と、バケツがいって、うれしまぎれに、すこしとび上《あ》がりました。それで、ゆかのうえに水《みず》がはねました。

で、スープ入《いれ》は話《はなし》をつづけましたが、おしまいまで、なかなかおもしろくやってのけました。

お皿《さら》なかまは、みんなうれしがって、ちゃらちゃらいいました。ほうきは、砂穴《すなあな》からみどり色《いろ》をしたオランダぜりをみつけてきて、それをスープ入《いれ》のうえに、花環《はなわ》のようにかけてやりました。それをほかの者《もの》がみてやっかむのはわかっていましたが、「きょう、あの子《こ》に花《はな》をもたしておけば、あしたはこっちにしてくれるだろうよ。」と、そう、ほうきはおもっていました。

「さあ、それではおどるわ。」と、火《ひ》かきがいって、おどりだしました。ふしぎですね、あの火《ひ》かきがうまく片《かた》足《あし》でおどるじゃありませんか。すみっこの古椅子《ふるいす》のきれがそれをみて、おなかをきってわらいました。

「どう、わたしも、花環《はなわ》がもらえて。」と、火《ひ》かきがねだりました、そうして、そのとおりしてもらいました。

「どうも、どいつもこいつも、くだらない奴《やつ》らだ。」と、マッチはひとりでかんがえていました。

さて、こんどはお茶《ちゃ》わかしが、歌《うた》をうたう番《ばん》でした。ところが風《かぜ》をひいているといってことわりました。そうしていずれ、おなかでお茶《ちゃ》がにえだしたら、うたえるようになるといいました。けれどこれはわざと気《き》どっていうので、ほんとうは、お茶《ちゃ》のテーブルのうえにのって、りっぱなお客《きゃく》さまたちのまえでうたいたかったのです。

窓《まど》のところに、一本《いっぽん》、ふるい鵞《が》ペンがのっていました。これはしじゅう女中《じょちゅう》たちのつかっているものでした。このペンにべつだん、これというとりえはないのですが、ただインキの底《そこ》にどっぷりつかっているというだけで、それをまた大《たい》したじまんの種《たね》にしていました。

「お茶《ちゃ》わかしさんがうたわないというなら、かってにさせたらいいでしょう、おもての鳥《とり》かごには、小夜鳴鳥《さよなきどり》がいて、よくうたいます。これといって教育《きょういく》はないでしょうが、今晩《こんばん》はいっさいそういうことは問《と》わないことにしましょう。」

するとと、湯《ゆ》わかしが、

「どうして、そんなことは大《だい》はんたいだ。」と、いいだしました。これは、台所《だいどころ》きっての歌《うた》うたいで、お茶《ちゃ》わかしとは、腹《はら》がわりの兄《にい》さんでした。「外国鳥《がいこくどり》の歌《うた》をきくなんて、とんでもない。そういうことは愛国的《あいこくてき》だといえようか、市場《いちば》がよいのバスケット君《くん》にはんだんしておもらい申《もう》しましょう。」

ところで、バスケットは、おこった声《こえ》で、
「ぼくは不愉快《ふゆかい》でたまらん。」といいました。「心《こころ》のなかでどのくらい不愉快《ふゆかい》に感《かん》じているか、きみたちにはそうぞうもつかんだろう。ぜんたい、これは晩《ばん》をすごすてきとうな方法《ほうほう》でありましょうか。家《いえ》のなかをきれいに片《かた》づけておくほうが、よっぽど気《き》がきいているのではないですか。諸君《しょくん》は、それぞれじぶんたちの場所《ばしょ》にかえったらいいでしょう。その上《うえ》で、ぼくが、あらためて司会《しかい》をしよう。すこしはかわったものになるだろう。」

「よし、みんなで、さわごうよ。」と、一同《いちどう》がいいました。

そのとき、ふと戸《と》があきました。このうちの女中《じょちゅう》がはいって来《き》たのです。それでみんなはきゅうにおとなしくなって、がたりともさせなくなりました。でも、おなべのなかまには、ひとりだって、おもしろいあそびをしらないものはありませんでしたし、じぶんたちがどんなになにかができて、どんなにえらいか、とおもわないもの

はありませんでした。そこで、

「もちろん、おれがやるつもりになれば、きっとずいぶんおもしろい晩《ばん》にしてみせるのだがなあ。」と、おたがいにかんがえていました。

女中《じょちゅう》は、マッチをつまんで、火《ひ》をすりました。――おや、しゅッと音《おと》がしたとおもうと、ぱっときもちよくもえ上《あ》がったではありませんか。

「どうだ、みんなみろよ。やっぱり、おれはいちばんえらいのだ。よく光《ひか》るなあ。なんというあかるさだ――」と、こうマッチがおもううち、燃《も》えきってしまいました。』

「まあ、おもしろいお話《はなし》でございましたこと。」と、そのとき、お妃《きさき》さまがおっしゃいました。「なんですか、こう、台所《だいどころ》のマッチのところへ、たましいがはこばれて行《い》くようにおもいました。それではおまえにむすめはあげることにしますよ。」

「うん、それがいいよ。」と、王《おう》さまもおっしゃいました。「それでは、おまえ、むすめは月曜日《げつようび》にもらうことにしたらよかろう。」

まず、こんなわけで、おふたりとももう、うちのものになったつもりで、むすこを、おまえとおよびになりました。

これで、いよいよご婚礼《こんれい》ときまりました。そのまえの晩《ばん》は、町《まち》じゅうに、おいわいのイリュミネーションがつきました。ビスケットやケーキが、人民《じんみん》たちのなかにふんだんにまかれるし、町《まち》の少年《しょうねん》たちは、往来《おうらい》にあつまって、ばんざいをさけんだり、指《ゆび》をくちびるにあてて、口《くち》笛《ぶえ》をふいたりしました。なにしろ、すばらしいけいきでした。

「そうだ。おれもお礼《れい》になにかしてやろう。」と、あきんどのむすこはおもいました。そこで、流星花火《りゅうせいはなび》だの、南京花火《ナンキンはなび》だの、ありとあらゆる花火《はなび》を買《か》いこんで、それをかばんに入《い》れて、空《そら》のうえにとび上《あ》がりました。

ぽん、ぽん、まあ、花火《はなび》がなんてよく上《あ》がることでしょう。なんて、いせいのいい音《おと》を立《た》てることでしょう。トルコ人《じん》は、たれもかれも、そのたんびに、うわぐつを耳《みみ》のところまでけとばして、とび上《あ》がりました。

こんなすばらしい空中現象《くうちゅうげんしょう》を、これまでたれもみたものはありません。そこで、いよいよ、お姫《ひめ》さまの結婚《けっこん》なさるお相手《あいて》は、トルコの神《かみ》さまにまちがいなしということにきまりました。

むすこは、かばんにのったまま、また森《もり》へおりていきましたが、「よし、おれはこれから町《まち》へ出《で》かけて、みんな、おれのことをどういっているか、きいてこよう。」とかんがえました。なるほど、むすこにしてみれば、そうおもい立《た》ったのも、むりはありません。

さて、どんな話《はなし》をしていたでしょうか。それはてんでんがちがったことをいって、ちがった見方《みかた》をしていました。けれども、なにしろたいしたことだと、たれもいっていました。

「わたしは、トルコの神《かみ》さまをおがんだよ。」と、ひとりがいいました。「目《め》が星《ほし》のように光《ひか》って、ひげは、海《うみ》のあわのように白《しろ》い。」

「神《かみ》さまは火《ひ》のマントを着《き》てとんでいらしった。」と、もうひとりがいいました。「それはかわいらしい天使《てんし》のお子《こ》が、ひだのあいだからのぞいていた。」

まったくむすこのきいたことはみんなすばらしいことばかりでした。さて、あくる日《ひ》はいよいよ結婚式《けっこんしき》の当日《とうじつ》でした。そこで、むすこは、ひとまず森《もり》にかえって、かばんのなかでひと休《やす》みしようとおもいました。―ところがどうしたということでしょう。かばんは、まる焼《や》けになっていました。かばんのなかにのこっていた花火《はなび》から火《ひ》がでて、かばんを灰《はい》にしてしまったのです。

むすこはとぶことができません。もうおよめさんのところへいくこともできません。

およめさんは、一日《いちにち》、屋根《やね》のうえにたって待《ま》ちくらしました。たぶん、いまだに待《ま》っているでしょう。けれどむすこはあいかわらずお話《はなし》をしながら、世界《せかい》じゅうながれあるいていました、でも、マッチのお話《はなし》のようなおもしろい話《はなし》はもうつくれませんでした。

【凡例】

・本編「ひこうかばん」は、青空文庫作成の文字データを使用した。
底本：「新訳アンデルセン童話集第一巻」同和春秋社
　１９５５（昭和30）年７月20日初版発行
※「旧字、旧仮名で書かれた作品を、現代表記にあらためる際の作業指針」に基づいて、底本の表記をあらためた。
入力：大久保ゆう
校正：秋鹿
２００６年1月18日作成

・文字遣いは、青空文庫のデータによる。
・この作品には、今日からみれば不適切と思われる表現が含まれているが、作品の描かれた時代と、作品本来の価値に鑑み、底本のままとした。
・ルビは、青空文庫のものに加えて、新字新仮名のルビを付し、総ルビとした。
・追加したルビには文字遣いの他、読み方など格段の基準は設けていない。

幸福《こうふく》のうわおいぐつ

一　お話《はなし》のはじまり

コペンハーゲンで、そこの東《ひがし》通《どおり》の、王立新市場《おうりつしんいちば》からとおくない一軒《いっけん》の家《いえ》は、たいそうおおぜいのお客《きゃく》でにぎわっていました。人《ひと》と人《ひと》とのおつきあいでは、ときおりこちらからお客《きゃく》をしておけば、そのうち、こちらもお客《きゃく》によばれるといったものでしてね。お客《きゃく》の半分《はんぶん》はとうにカルタ卓《づくえ》にむかっていました。あとの半分《はんぶん》は、主人役《しゅじんやく》の奥《おく》さんから、今《いま》しがた出《で》た、「さあ、こんどはなにがはじまりましょうね。」というごあいさつが、どんな結果《けっか》になってあらわれるかと、手《て》ぐすねひいて、待《ま》っているのです。もうずいぶんお客《きゃく》さま同士《どうし》の話《はなし》がはずむだけはずんでいました。そういう話《はなし》のなかには、中世紀時代《ちゅうせいきじだい》の話《はなし》もでました。あるひとりは、あの時代《じだい》は今《いま》の時代《じだい》にくらべては、くらべものにならないほどよかったと主張《しゅちょう》しました。じっさい司法参事官《しほうさんじかん》のクナップ氏《し》などは、この主張《しゅうちょう》にとても熱心《ねっしん》で、さっそく主人役《しゅじんやく》の奥《おく》さんを身方《みかた》につけてしまったほどでした。そうしてこのふたりは*エールステッドが年《ねん》報誌上《ぽうしじょう》にかいた古近代論《こきんだいろん》の、現代《げんだい》びいきな説《せつ》にたいして、やかましい攻撃《こうげき》をはじめかけたくらいです。司法参事官《しほうさんじかん》の説《せつ》にしたがえば、デンマルクの**ハンス王時代《おうじだい》といえば、人間《にんげん》はじまって以来《いらい》、いちばんりっぱな、幸福《こうふく》な時代《じだい》であったというのでした。

* デンマルクの名高《なだか》い物理学者《ぶつりがくしゃ》（一七七七《せんななひゃくななじゅうなな》－一八五一《せんはっぴゃくごじゅういち》）。

** ヨハン二世《にせい》（一四八一《せんよんひゃくはちじゅういち》－一五一三《せんごひゃくじゅうさん》）。選挙侯《せんきょこう》エルンスト・フォン・ザクセンのむすめクリスティーネと婚《こん》。ノルウェイ・スエーデン王《おう》を兼《か》ねた。

さて会話《かいわ》は、こんなことで、賛否《さんぴ》こもごも花《はな》が咲《さ》いて、あいだに配達《はいたつ》の夕刊《ゆうかん》がとどいたので、ちょっと話《はなし》がとぎれたぐらいのことでした。でも、新聞《しんぶん》にはべつだんおもしろいこともありませんでしたから、話《はなし》はそれなりまたつづきました。で、わたしたちはちょっと表《おもて》の控間《ひかえのま》へはいってみましょう。そこにはがいとうと、つえと、かさと、くつの上《うえ》にはうわおいぐつが一足《いっそく》置《お》いてありました。みるとふたりの婦人《ふじん》が卓《つくえ》のまえにすわっていました。ひとりはまだ若《わか》い婦人《ふじん》ですが、ひとりは年《とし》をとっていました。ちょっとみると、お客《きゃく》のなかのお年《とし》よりのお嬢《じょう》さん、または未亡人《びぼうじん》の奥《おく》さんのお迎《むか》えに来《き》て、待《ま》っている女中《じょちゅう》かとおもうでしょう。でもよくみると、ふたりとも、ただの女中《じょちゅう》などでないということはわかりました。それにはふたりともきゃしゃすぎる手《て》をしていましたし、ようすでも、ものごしでも、りっぱすぎていましたが、着物《きもの》のしたて方《かた》にしても、ずいぶんかわっていました。ほんとうは、このふたりは妖女《ようじょ》だったのです。若《わか》いほうは幸《こう》福《ふく》の女神《めがみ》でこそありませんが、そのおそばづかえのそのまた召使《めしつかい》のひとりで、ちょいとしたちいさな幸福《こうふく》のおくりものをはこぶ役《やく》をつとめているのです。年《とし》をとったほうは、だいぶむずかしい顔《かお》をしていました。これは心配《しんぱい》の妖女《ようじょ》でした。このほうはいつもごじしん堂堂《どうどう》と、どこへでも乗《の》り込《こ》んでいってしごとをします。すると、やはりそれがいちばんうまくいくことを知《し》ってました。

ふたりはおたがいに、きょうどこでなにをして来《き》たか話《はな》し合《あ》っていました。幸福《こうふく》の女神《めがみ》のおそばづかえのその召使《めしつかい》は、ほんのふたつ三《みっ》つごくつまらないことをして来《き》ました。たとえば買《か》い立《た》ての帽子《ぼうし》が夕立《ゆうだち》にあうところを助《たす》けてやったり、ある正直《しょうじき》な男《おとこ》に無名《むめい》の篤志家《とくしか》からほどこし物《もの》をもらってやったり、まあそんなことでした。

しかし、そのあとで、もうひとつ、話《はな》しのこしていたことは、いくらかかわったことであったのです。

「まあついでだからいいますがね。」と、幸福《こうふく》のおそばづかえのそのまた召使《めしつかい》は話《はな》しました。「きょうはわたしの誕生日《たんじょうび》なのですよ。それでそのお祝《いわ》いに、ご主人《しゅじん》からうわおいぐつを一足《いっそく》あずけられました。そしてそれを人《にん》間《げん》のなかまにやってくれというのです。そのうわおいぐつにはひとつの徳《とく》があって、それをはいたものはたちまち、だれでもじぶんがいちばん住《す》んでみたいとおもう時《じ》代《だい》なり場所《ばしょ》なりへ、はこんで行《い》ってもらえて、その時《じ》代《だい》なり場所《ばしょ》なりについて、のぞんでいたことがさっそくにかなうのです。そういうわけで、人間《にんげん》もどうやら、この世《よ》の中《なか》ながら幸福《こうふく》になれるのでしょう。」

こういうと心配《しんぱい》の妖女《ようじょ》が、

「いや、お待《ま》ちなさいよ。そのうわおいぐつをはいた人《ひと》は、きっとずいぶんふしあわせになるでしょうよ。そしてまた、はやくそれをぬぎたいとあせるようになるでしょうよ。」といいました。

「まあそこまではおもわなくても。」と、もうひとりがふふくらしくいいました。「さあ、それでは幸福《こうふく》のうわおいぐつを、ここの戸口《とぐち》におきますよ。だれかがまちがってひっかけていって、いやでも、すぐと幸福《こうふく》な人間《にんげん》になるでしょう。」

どうです。これがふたりの女《おんな》の話《はなし》でした。

二　参事官《さんじかん》はどうしたか

もうだいぶ夜《よ》がふけていました。司法参事官《しほうさんじかん》クナップ氏《し》は、ハンス王《おう》時代《じだい》のことに心《こころ》をとられながら、うちへかえろうとしました。ところで運命《うんめい》の神《かみ》さまは、この人《ひと》がじぶんのとまちがえて、幸福《こうふく》のうわおいぐつをはくように取《と》りはからってしまいました。そこで参事官《さんじかん》がなんの気《き》な

しにそれをはいたまま東通《ひがしどおり》へ出《で》ますと、もうすぐと、うわおいぐつの効能《こうのう》があらわれて、クナップ氏《し》はたちまち三百五十年前《さんびゃくごじゅうねんまえ》のハンス王時代《おうじだい》にまでひきもどされてしまいました。さっそくに参事官《さんじかん》は往来《おうらい》のぬかるみのなかへ、両足《りょうあし》つっこんでしまいました。なぜならその時代《じだい》はもちろん昔《むかし》のことで、石《いし》をしいた歩道《ほどう》なんて、ひとつだってあるはずがないのです。

「やれやれ、これはえらいぞ、いやはや、なんというきたない町《まち》だ。」と参事官《さんじかん》がいいました。「どうして歩道《ほどう》をみんな、なくしてしまったのだろう。街灯《がいとう》をみんな消《け》してしまったのだろう。」

月《つき》はまだそう高《たか》くはのぼっていませんでしたし、おまけに空気《くうき》はかなり重《おも》たくて、なんということなしに、そこらの物《もの》がくらやみのなかへとろけ出《だ》しているようにおもわれました。次《つぎ》の横町《よこちょう》の角《かど》には、うすぐらい灯明《あかり》がひとつ、聖母《せいぼ》のお像《ぞう》のまえにさがっていましたが、そのあかりはまるでないのも同様《どうよう》でした。すぐその下《した》にたって、仰《あお》いでみてやっと、聖母《せいぼ》と神子《しんじ》の彩色《さいしき》した像《ぞう》が分《わ》かるくらいでした。

「これはきっと美術品《びじゅつひん》を売《う》る家《いえ》なのだな。日《ひ》がくれたのに看板《かんばん》をひっこめるを忘《わす》れているのだ。」と、参事官《さんじかん》はおもいました。

むかしの服装《ふくそう》をした人《ひと》がふたり、すぐそばを通《とお》っていきました。

「おや、なんというふうをしているのだ。仮装舞踏会《かそうぶとうかい》からかえって来《き》た人《ひと》たちかな。」と、参事官《さんじかん》は、ひとりごとをいいました。

ふとだしぬけに、太鼓《たいこ》と笛《ふえ》の音《ね》がきこえて、たいまつがあかあかかがやき出《だ》しました。参事官《さんじかん》はびっくりしてたちどまりますと、そのとき奇妙《きみょう》な行列《ぎょうれつ》が鼻《はな》のさきを通《とお》っていきました。まっさきには鼓手《こしゅ》の一隊《いったい》が、いかにもおもしろそうに太鼓《たいこ》を打《う》ちながら進《すす》んで来《き》ました。そのあとには、長《なが》い弓《ゆみ》と石弓《いしゆみ》をかついだ随兵《ずいひょう》がつづきました。この行列《ぎょうれつ》のなかでいちばんえらそうな人《ひと》は坊《ぼう》さんの殿様《とのさま》でした。びっくりした参事官《さんじかん》は、いったいこれはいつごろの風《ふう》をしているので、このすいきょうらしい仮装《かそう》行列《ぎょうれつ》をやってあるく人《ひと》はたれなのだろう、といって、行《ぎょう》列《れつ》のなかの人《ひと》にたずねました。

「シェランの大僧正《だいそうじょう》さまです。」と、たれかがこたえました。

「大僧正《だいそうじょう》のおもいつきだと、とんでもないことだ。」と、参事官《さんじかん》はため息《いき》をついてあたまを振《ふ》りました。そんな大《だい》僧正《そうじょう》なんてあるものか。ひとりで不服《ふふく》をとなえながら、右《みぎ》も左《ひだり》もみかえらずに、参事官《さんじかん》はずんずん東通《ひがしどおり》をとおりぬけて、高橋広場《たかばしひろば》にでました。ところが宮城広場《みやぎひろば》へ出《で》る大《おお》きな橋《はし》がみつかりません。やっとあさい小川《おがわ》をみつけてその岸《きし》に出《で》ました。そのうち小舟《こぶね》にのってやって来《く》るふたりの船頭《せんどう》らしい若者《わかもの》にであいました。

「島《ホルメン》へ渡《わた》りなさるのかな。」と、船頭《せんどう》はいいました。

「島《ホルメン》へ渡《わた》るかって。」と、参事官《さんじかん》はおうむ返《がえ》しにこたえました。なにしろ、この人《ひと》はまた、じぶんが今《いま》、いつの時代《じだい》に居《い》るのか、はっきり知《し》らなかったのです。

「わたしは、クリスティアンス　ハウンから小市場通《こいちばどおり》へいくのだよ。」

こういうと、こんどはむこうがおどろいて顔《かお》をみました。

「ぜんたい橋《はし》はどこになっているのだ。」と参事官《さんじかん》はいいました。「第一《だいいち》ここにあかりをつけておかないなんてけしからんじゃないか。それにこのへんはまるで沼《ぬま》の中《なか》をあるくようなひどいぬかるみだな。」

こんなふうに話《はな》しても、話《はな》せば話《はな》すほど船頭《せんどう》にはよけいわからなくなりました。

「どうもおまえたちの*ボルンホルムことばは、さっぱりわからんぞ。」と、参事官《さんじかん》はかんしゃくをおこしてどなりつけました。そして背中《せなか》をむけてどんどんあるきだしました。

*バルティック海上《かいじょう》の島《しま》。島《しま》の方言《ほうげん》がかわっていた。

しかしいくらあるいても、参事《さんじ》は橋《はし》をみつけることはできませんでした。らんかんらしいものはまるでありませんでした。

「どうもこのへんは実《じつ》にひどい所《ところ》だ。」と、参事官《さんじかん》はいいました。じぶんのいる時代《じだい》を、この晩《ばん》ほどなさけなくおもったことはありませんでした。「まあこのぶんでは、参事官《さんじかん》は辻馬車《つじばしゃ》をやとうのがいちばんよさそうだ。」と、おもいましたそういったところで、さて、どこにその辻馬車《つじばしゃ》があるでしょうか。それは一台《いちだい》だってみあたりそうにはありませんでした。

「これではやはり、王立新市場《おうりつしんいちば》までもどるほうがいいだろう。あそこならたくさん馬車《ばしゃ》も来《き》ているだろう。そうでもしないと、とてもクリスティアンス　ハウンまでかえることなどできそうもない。」

そこで、またもどって、東通《ひがしどおり》のほうへあるきだしました。そしてほとんどそこを通《とお》りぬけようとしたときに、たかだかと月《つき》がのぼりました。

「おや、なんとおもって足場《あしば》みたいなものをここに建《た》てたのだ。」

東門《ひがしもん》をみつけて、参事官《さんじかん》はこうさけびました。そのころ東通《ひがしどおり》のはずれに、門《もん》があったのです。

とにかく、出口《でぐち》をさがして、そこをとおりぬけると、今《いま》の王立新市場《おうりつしんいちば》のある通《とおり》へでました。けれどそれはただのだだっ広《ぴろ》い草原《そうげん》でした。二三軒《にさんけん》みすぼらしいオランダ船《せん》の船員《せんいん》のとまる下宿《げしゅく》の木小屋《きごや》が、そのむこう岸《ぎし》に建《た》っていて、オランダッ原《ぱら》ともよばれていた所《ところ》です。

「おれはしんきろうをみているのか知《し》らん。それとも酔《よ》っぱらっているのじゃないか知《し》ら。」と、参事《さんじ》は泣《な》き声《ごえ》をだしました。「とにかくありゃあなんだ。」

もうどうしても、病気《びょうき》にかかっているにちがいない、そうおもい込《こ》んで、また引《ひ》っかえしました。往来《おうらい》をとぼとぼあるきあるき、なおよくそこらの家《いえ》のようすをみると、たいていの家《いえ》は木組《きぐみ》の小屋《こや》で、なかにはわら屋根《やね》の家《いえ》もありました。

「いや、どうもへんな気分《きぶん》でしょうがない。」と、参事《さんじ》官《かん》はため息《いき》をつきました。「しかしおれは、ほんの一杯《いっぱい》ポンスを飲《の》んだだけだが、それがうまくおさまらないとみえる。それに、時候《じこう》はずれのむしざけをだしたりなんかして、まったくくいあわせがわるかった。もういちどもどっていって、主人《しゅじん》の代理《だいり》公使《こうし》夫人《ふじん》に小言《こごと》をいって来《こ》ようかしらん。いや、それもばからしいようだ。それにまだ起《お》きているかどうかわからない。」

そういいながら、その家《いえ》の方角《ほうがく》をさがしましたが、どうしてもみつかりませんでした。

「どうもひどいことだ。東通《ひがしどおり》がまるでわからなくなった。一軒《いっけん》の店《みせ》もみえはしない。みすぼらしいたおれかけの小屋《こや》がみえるだけだ。これではまるでリョースキレか、リンステッドへでもいったようだ。ああ、おれは病気《びょうき》だぞ。遠慮《えんりょ》をしているところでない。だが、いったい代理《だいり》公使《こうし》の家《いえ》はどこなんだろう。どうしてももうもとどはちがっている。しかもなかには人《ひと》がまだ起《お》きている。――どうしてもおれは病気《びょうき》だ。」

そのとき参事官《さんじかん》は、一軒戸《いっけんと》のあいている家《いえ》の前《まえ》へ出《で》ました。すきまからあかりが往来《おうらい》へさしていました。これはそのころの安宿《やすやど》で、半分居酒屋《はんぶんいざかや》のようなものでした。

ところで、そのなかはホルシュタイン風《ふう》の百姓家《ひゃくしょうや》の台所《だいどころ》といったていさいでした。なかにはおおぜいの人間《にんげん》が、船乗《ふなのり》や、コペンハーゲンの町人《ちょうにん》や二三人《にさんにん》の本読《ほんよみ》もまじって、みんなビールのジョッキをひかえて、むちゅうになってしゃべっていて、はいって来《き》た客《きゃく》にはいっこう気《き》がつかないようでした。

参事官《さんじかん》はお客《きゃく》をむかえにたったおかみさんにいいました。「お気《き》のどくですが、わたしは非常《ひじょう》にぐあいがわるいのです。クリスティアンスハウンまで、辻馬車《つじばしゃ》をやとってはもらえませんか。」

おかみさんは、参事官《さんじかん》の顔《かお》をうさんらしくみて首《くび》をふりました。それからドイツ語《ご》で話《はな》しかけました。参事官《さんじかん》はそれで、おかみさんがデンマルク語《ご》を知《し》らないことがわかったので、こんどはドイツ語《ご》で同《おな》じ註文《ちゅうもん》をくり返《かえ》しました。その言葉《ことば》と服装《ふくそう》から、おかみさんは、この客《きゃく》をてっきり外国人《がいこくじん》だとおもい込《こ》みました。で、気分《きぶん》のわるそうなようすをみると、さっそく水《みず》をジョッキに一杯《いっぱい》ついでもって来《き》ました。水《みず》はなんだかしょっぱいへんな味《あじ》がしました。そのくせ外《そと》の噴井戸《ふきいど》から汲《く》んで来《き》たのです。

参事官《さんじかん》は両手《りょうて》であたまをおさえて、ふかいためいきをつきながら、いまし方《がた》つづいておこった奇妙《きみょう》なことを、あれこれとおもいめぐらしていました。

「それはきょうの＊『ダーエン』ですか。」と、参事官《さんじかん》は、おかみさんがもっていきかけた大《おお》きな紙《かみ》をみて、ほんのおせじにききました。

＊コペンハーゲン発行《はっこう》の夕刊新聞《ゆうかんしんぶん》。一八〇五《せんはっぴゃくご》－四三《よんじゅうさん》。

お上《かみ》さんは、なにを客《きゃく》がいうのだかわかりませんでしたから、だまってその紙《かみ》を渡《わた》しました。それはむかし、キョルンの町《まち》にあらわれたふしぎな空中現象《くうちゅうげんしょう》をかいた一《いち》枚《まい》の木版刷《もくはんずり》でした。

「こりゃなかなか古《ふる》い。」と参事官《さんじかん》は、あんがいな掘《ほ》り出《だ》しもので、おおきに愉快《ゆかい》になりました。

「おまえさん、このめずらしい刷物《すりもの》をどうして手《て》に入《い》れたのだね。こりゃなかなかおもしろいものだよ。もっとも話《はなし》はまるっきりおとぎばなしだがね。今日《こんにち》では、これに類《るい》した空中現象《くうちゅうげんしょう》は、北極光《オーロラ》をみあやまったものだということになつている。おそらく電気《でんき》の作用《さよう》でおこるものらしい。」

すると参事官《さんじかん》のすぐそばにすわって、この話《はなし》をきいた人《ひと》たちが、びっくりしてその顔《かお》をながめました。そして、そのうちのひとりは、たち上《あ》がって、うやうやしく帽子《ぼうし》をぬいで、ひどくしかつめらしく「先生《せんせい》、どうも、あなたはたいそうな学者《がくしゃ》でおいでになりますな。」といいました。

「いやはや、どういたしまして。」と、参事官《さんじかん》は答《こた》えました。「ついだれでも知《し》っているはずのことをふたことみこと、お話《はなし》しただけですよ。」

「けんそんは美徳《びとく》で。」とその男《おとこ》はラテン語《ご》まじりにいいました。「もっともお説《せつ》にたいして、わたくしは異説《いせつ》をさしはさむものであります。しかしながら、わたくしの批判《ひはん》はしばらく保留《ほりゅう》いたしましよう。」

「失礼《しつれい》ながら、あなたはどなたですか。」と、参事官《さんじかん》がたずねました。

「わたくしは聖書得業士《せいしょとくぎょうし》でして。」と、その男《おとこ》が答《こた》えました。

その答《こたえ》で参事官《さんじかん》は十分《じゅうぶん》でした。その人《ひと》の称号《しょうごう》と服装《ふくそう》はそれによくつりあっていました。多分《たぶん》、これは村《むら》の老先《ろうせん》生《せい》というやつにちがいない。よくユラン（ユットランド）地方《ちほう》でみかけるかわりものだと参事官《さんじかん》はおもいました。

「ここはいかにも学者清談《がくしゃせいだん》の郷《きょう》ではありませんな。」と、その男《おとこ》はつづけていいだしました。「しかしどうかまげてお話《はな》しください。あなたはむろん、古書《こしょ》はふかくご渉猟《しょうりょう》でしょうな。」

「はい、はい、それはな。」と、参事官《さんじかん》は受《う》けて、「わたしも有益《ゆうえき》な古書《こしょ》を読《よ》むことは大好《だいす》きですが、とうせつの本《ほん》もずいぶん読《よ》みます。ただ困《こま》るのは『その日《ひ》、その日《ひ》の話《はなし》』というやつで、わざわざ本《ほん》でよまないでも、毎《まい》日《にち》のことで飽《あ》き飽《あ》きしますよ。」

『その日《ひ》、その日《ひ》の話《はなし》』といいますと。」と、得業士《とくぎょうし》はふしんそうにききました。

「いや、わたしのいうのは、このごろはやる新作《しんさく》の小《しょう》説《せつ》のことですよ。」

「ははあ。」と、得業士《とくぎょうし》はにっこりしながら、「あれもなかなか気《き》のきいたものでして、宮中《きゅうちゅう》ではずいぶん読《よ》まれていますよ。*王様《おうさま》はとりわけ、アーサー王《おう》と円卓《えんたく》の騎《き》士《し》の話《はなし》を書《か》いた、イフヴェンとゴーディアンの物語《ものがたり》を好《す》いていられます。それでご家来《けらい》の人達《ひとたち》とあの話《はなし》をして興《きょう》がっていられます。」

＊デンマルクの詩人《しじん》ホルベルのデンマルク国史物語《こくしものがたり》に、ハンス王《おう》が寵臣《ちょうしん》のオットー　ルードとアーサー王《おう》君臣《くんしん》の交《まじわ》りについてとんち問答《もんどう》した話《はなし》がかいてある。なお、「その日《ひ》その日《ひ》の物語《ものがたり》」は、文士《ぶんし》ハイベルの母《はは》のかきのこした身《み》の上話《うえばなし》。

「それはまだ読《よ》んでいません。」と、参事官《さんじかん》はいいました。「ハイベルが出《だ》した新刊《しんかん》の本《ほん》にちがいありませんね。」

「いや、ハイベルではありません。ゴットフレト　フォン　ゲーメンが出《だ》したのです。」と、学士《がくし》は答《こた》えました。

「へへえ、その人《ひと》は作者《さくしゃ》ですか。」と、参事官《さんじかん》がたずねました。「ゴットフレト　フォン　ゲーメンといえば、すいぶん古《ふる》い名《な》まえですね。あれはなんでも、ハンス王《おう》時代《じだい》、デンマルクで印刷業《いんさつぎょう》をはじめた人《ひと》ではありませんか。」

「そうですとも。この国《くに》でははじめての印刷屋《いんさつや》さんですよ。」と、学士《がくし》が答《こた》えました。

ここまではどうにかうまくいきました。こんどは町人《ちょうにん》のひとりが、三年《さんねん》まえ流行《りゅうこう》した伝染病《でんせんびょう》の話《はなし》をしだしました。ただそれは一四八四年《せんよんひゃくはちじゅうよねん》の話《はなし》でした。参事官《さんじかん》はそれを一八三〇年代《せんはっぴゃくさんじゅうねんだい》はやったコレラの話《はなし》をしているのだとおもいました。そこで会話《かいわ》は、どうにかつじつまがあいました。一四九〇年《せんよんひゃくきゅうじゅうねん》の海賊戦争《かいぞくせんそう》もつい近頃《ちかごろ》のことでしたから、これも話題《わだい》にのぼらずにいませんでした。で、イギリスの海賊船《かいぞくせん》が、やはり同《おな》じ波止場《はとば》か船《ふね》をりゃくだつしていった、とその男《おとこ》は話《はな》しました。ところで、*一八〇一年《せんはっぴゃくいちねん》の事件《じけん》をよく知《し》っている参事官《さんじかん》は、進《すす》んでその話《はなし》に調子《ちょうし》をあわせて、イギリス人《じん》に攻撃《こうげき》をしかけました。これだけはまずよかったが、そのあとの話《はなし》はそううまくばつがあいませんでした。ひとつひとつに話《はなし》がくいちがいました。学士先生《がくしせんせい》は気《き》のどくなほどなにも知《し》りませんでした。参事官《さんじかん》のごくかるく口《くち》にしたことまでが、いかにもでたらめな、気《き》ちがいじみた話《はなし》にきこえました。

そうなると、ふたりはだまって顔《かお》ばかりみあわせました。いよいよいけないとなると、学士《がくし》はいくらか相手《あいて》にわからせることができるかとおもって、ラテン語《ご》で話《はな》しましたけれど、いっこう役《やく》には立《た》ちませんでした。

＊一八〇一年四月二日英艦《せんはっぴゃくいちねんしがつふつかえいかん》の攻撃事件《こうげきじけん》。

「あなた、ご気分《きぶん》はどうですね。」と、おかみさんはいって、参事官《さんじかん》のそでをひっぱりました。

ここではじめて、参事官《さんじかん》はわれにかえりました。話《はなし》でむちゅうになっているあいだは、これまでのことをいっさい忘《わす》れていたのです。

「やあ、たいへん、わたしはどこにいるのだ。」と、参《さん》事官《じかん》はいって、それをおもいだしたとたん、くらくらとなったようでした。

「さあ、クラレットをやろうよ。蜜酒《みつしゅ》に、ブレーメン・ビールだ。」と、客《きゃく》のひとりがさけびました。

「どうです、いっしょにやりたまえ。」

ふたりの給仕《きゅうじ》のむすめがはいって来《き》ました。そのひとりは*ふた色《いろ》の染分《そめわ》け帽子《ぼうし》をかぶって来《き》ました。ふたりはお酒《さけ》をついでまわって、おじぎをしました。参事官《さんじかん》はからだじゅうぞっとさむけがするようにおもいました。

*ハンス王時代下等《おうじだいかとう》な酌女《しゃくおんな》のしるし。

「やあ、こりゃなんだ。こりゃなんだ。」と、参事官《さんじかん》はさけびました。けれども、いやでもいっしょに飲《の》まなければなりませんでした。客《きゃく》どもはごくたくみにこの紳士《しんし》をあつかいました。参事官《さんじかん》はがっかりしきっていました。たれか、「あの男《おとこ》酔《よ》っぱらっているよ。」といったものがありましたが、そのことばをうそだとおこるどころではありません。どうぞ、ドロシュケ（辻馬車《つじばしゃ》）を一台《いちだい》たのむといったのが精《せい》いっぱいでした。ところがみんなはそれをロシア語《ご》でも話《はな》しているのかとおもいました。

参事官《さんじかん》は、これまでこんな下等《かとう》な乱暴《らんぼう》ななかまにはいったことはありませんでした。

「これではまるで、デンマルクの国《くに》が、異教国《いきょうこく》の昔《むかし》にかえったようだ。こんなおそろしい目《め》にあったことははじめてだぞ。」と、参事官《さんじかん》はおもいました。しかしそのときふとおもいついて、参事官《さんじかん》はテーブルの下《した》にもぐりこんで、そこから戸口《とぐち》の所《ところ》まではい出《だ》そうとしました。そのとおりうまくやって、ちょうど出口《でぐち》までいったところを、ほかの者《もの》にみつけられました。みんなは参事官《さんじかん》の足《あし》をとって引《ひ》きもどしました。そのとき大仕合《おおしあ》わせなことには、うわおおいぐつがすっぽりぬけました。――それでいっさいの魔法《まほう》が消《き》えてなくなりました。

そのとき参事官《さんじかん》ははっきりと、すぐ目《め》のまえに、街灯《がいとう》がひとつ、かんかんともっていて、そのうしろに大《おお》きな建物《たてもの》の立《た》っているのをみつけました。そこらじゅうみまわしても、おなじみのあるものばかりでした。それは、今《いま》の世《よ》の中《なか》で毎日《まいにち》みているとおりの東通《ひがしどおり》でした。参事官《さんじかん》は玄関《げんかん》の戸《と》に足《あし》をむけて腹《はら》ンばいになっていたのです。すぐむこうには町《まち》の夜番《よばん》が、すわって寝込《ねこ》んでいました。

「やあたいへん、おれは往来《おうらい》で寝《ね》て、夢《ゆめ》をみていたのか。」と、参事官《さんじかん》はさけびました。「なるほど、これは東《ひがし》通《どおり》だわい。どうもなにかが、かんかんあかるくって、にぎやかだな。それにしてもいっぱいのポンスのききめはじつにおそろしい。」

それから二分《にふん》ののち参事官《さんじかん》は、ゆうゆうと辻馬車《つじばしゃ》のなかにすわって、クリスティアンス　ハウンのじぶんの家《いえ》のほうへはこばれていきました。参事官《さんじかん》はいましがたさんざんおそろしい目《め》や心配《しんぱい》な目《め》にあったことをおもいだすと、今《いま》の世《よ》の中《なか》には、それはいろいろわるいことはあっても、ついさっきもっていかれた昔《むかし》の時代《じだい》よりはずっとましだということをさとりました。どうですね、参事官《さんじかん》は、ものわかったひとでしょう。

三　夜番《よばん》のぼうけん

「おやおや、あすこにうわおいぐつが一足《いっそく》ころがっている。」と夜番《よばん》はいいました。「きっとむこうの二階《にかい》にいる中尉《ちゅうい》さんの物《もの》にちがいない。すぐ門口《かどぐち》にころがっているから。」

正直《しょうじき》な夜番《よばん》は、ベルをな

らして、うわおいぐつを持主《もちぬし》にわたそうとおもいました。二階《にかい》にはまだあかりがついていました。けれど、うちのなかのほかの人《ひと》たちまでおどろかすのも気《き》のどくだとおもったので、そのままにしておきました。

「だが、こういうものをはいたら、ずいぶん温《あたた》かいだろうな。」と、夜番《よばん》はひとりごとをいいました。「なんて上等《じょうとう》なやわらかい革《かわ》がつかってあるのだろう。」うわおいぐつはぴったり夜番《よばん》の足《あし》にあいました。「どうも、世《よ》の中《なか》はおかしなものだ。いまごろ中尉《ちゅうい》さんは、あの温《あたた》かい寝床《ねどこ》のなかで横《よこ》になっていればいられるはすなのだ。ところが、そうでない。へやのなかをいったり来《き》たり、あるいている。ありゃしあわせなお人《ひと》さな。おかみさんもこどももなくて、毎晩《まいばん》、夜会《やかい》にでかけていく。おれがあの人《ひと》だったらずいぶんしあわせな人間《にんげん》だろうな。」

夜番《よばん》がこういって、こころのねがいを口《くち》にだしますと、はいていたうわおいぐつはみるみる効能《こうのう》をあらわして、夜番《よばん》のたましいはするすると中尉《ちゅうい》のからだとこころのなかへ運《はこ》んで持《も》っていかれました。

そこで夜番《よばん》は、二階《にかい》のへやにはいって、ちいさなばら色《いろ》の紙《かみ》を指《ゆび》のまたにはさんで持《も》ちました。それには詩《し》が、中尉君自作《ちゅういくんじさく》の詩《し》が書《か》いてありました。それはどんな人《ひと》だって、一生《いっしょう》にいちどは心《こころ》のなかを歌《うた》にうたいたい気持《きもち》になるおりがあるもので、そういうとき、おもったとおりを紙《かみ》に書《か》けば、詩《し》になります。そこで紙《かみ》にはこう書《か》いてありました。

「ああ、金持《かねもち》でありたいな。」

「ああ、金持《かねもち》でありたいな。」おれはたびたびそうおもった。

やっと二尺《にしゃく》のがきのとき、おれはいろんな望《のぞみ》をおこした。

ああ、金持《かねもち》でありたいな――そうして士官《しかん》になろう

とした、
サーベルさげて、軍服《ぐんぷく》すがたに、負革《おいかわ》かけて。
時節《じせつ》がくると、おれも士官《しかん》になりすました。
さてはや、いっこう金《かね》はできない。なさけないやっ。

全能《ぜんのう》の神《かみ》さま、お助《たす》けください。

ある晩《ばん》、元気《げんき》で浮《う》かれていると、
ちいさい女《おんな》の子《こ》がキスしてくれた、
おとぎ歌《うた》なら、持《も》ちあわせは山《やま》ほど、
そのくせ金《かね》にはいつでも貧乏《びんぼう》—

こどもは歌《うた》さえあればかまわぬ。

歌《うた》なら、山《やま》ほど、金《かね》には、いつもなさけないやつ。

全能《ぜんのう》の神《かみ》さま、ごらんのとおり。


「ああ、金持《かねもち》でありたいな。」おいのりがこうきこえだす。

こどもはみるみるむすめになった、りこうで、きれいで、心《こころ》もやさしいむすめになった。

ああ、分《わか》らせたい、おれの心《こころ》のうちにある――

それこそ大《たい》したおとぎ話《ばなし》を――むすめがやさしい

心《こころ》をみせりゃ。
だが金《かね》はなし、口《くち》には出《だ》せぬ。なさけないやつ。
　全能《ぜんのう》の神《かみ》さま、おこころしだいに。

ああ、せめてかわりに、休息《きゅうそく》と慰安《なぐさめ》、それでもほしい。
そうすりゃなにも心《こころ》の悩《なや》み、紙《かみ》にかくにもあたらない。
おれの心《こころ》をささげたおまえだ、わかってもくれよ。
若《わか》いおもい出《で》つづった歌《うた》だ、読《よ》んでもくれよ。
だめだ、やっぱりこのままくらい夜《よる》にささげてしまうがましか。
未来《みらい》はやみだ、いやはやなさけないやつめ。
全能《ぜんのう》の神《かみ》さま、おめぐみください。

そうです、人《ひと》は恋《こい》をしているときこんな詩《し》をつくります。でも用心《ようじん》ぶかい人《ひと》は、そんなものを印刷《いんさつ》したりしないものです。中尉《ちゅうい》と恋《こい》と貧乏《びんぼう》、これが三角《さんかく》の形《かたち》です。それとも幸福《こうふく》のさいころのこわれた半《はん》かけとでもいいましょうか。それを中尉《ちゅうい》はつくづくおもっていました。そこで、窓《まど》わくにあたまをおしつけて、ふかいため息《いき》ばかりついていました。

「あすこの往来《おうらい》にねている貧《まず》しい夜番《よばん》のほうが、おれよりはずっと幸福《こうふく》だ。あの男《おとこ》にはおれのおもっているような不足《ふそく》というものがない。家《いえ》もあり、かみさんもあり、こどももあって、あの男《おとこ》のかなしいことには泣《な》いてくれ、うれしいことには喜《よろこ》んでくれる。ああ、おれはいっそあの男《おとこ》と代《かわ》ることができたら、今《いま》よりずっと幸福《こうふく》になれるのだがな。あの男《おとこ》はおれよりずっと幸福《こうふく》なのだからな。」

中尉《ちゅうい》がこうひとりごとをいうと、そのしゅんかん、夜《よ》番《ばん》はまたもとの夜番《よばん》になりました。なぜなら幸福《こうふく》のうわおいぐつのおかげで、夜番《よばん》のたましいは中尉《ちゅうい》のからだを借《か》りたのですけれど、その中尉《ちゅうい》は、夜番《よばん》よりもいっそう不平家《ふへいか》で、おれはもとの夜番《よばん》になりたいとのぞんだのでした。そこで、そのおのぞみどおり、夜番《よばん》はまた夜番《よばん》になってしまったのです。

「いやな夢《ゆめ》だった。」と、夜番《よばん》はいいました。「が、ずいぶんばかばかしかった。おれはむこう二階《にかい》の中尉《ちゅうい》さんになったようにおもったが、まるで愉快《ゆかい》でもなんでもなかった。息《いき》のつまるほどほおずりしようとまちかまえていてくれる、かみさんやこどものいることを忘《わす》れてなるものか。」

夜番《よばん》はまたすわって、こくりこくりやっていました。夢《ゆめ》がまだはっきりはなれずにいました。うわおいぐつはまだ足《あし》にはまっていました。そのとき流《なが》れ星《ぼし》がひとつ、空《そら》をすべって落《お》ちました。

「ほう、星《ほし》がとんだ。」と、夜番《よばん》はいいました。「だが、いくらとんでも、あとにはたくさん星《ほし》がのこっている。どうかして、もう少《すこ》し星《ほし》のそばによってみたいものだ。とりわけ月《つき》の正体《しょうたい》をみてみたいものだ。あれだけはどんなことがあっても、ただの星《ほし》とちがって、手《て》の下《した》からすべって消《き》えていくということはないからな。うちのかみさんがせんたく物《もの》をしてやっている学生《がくせい》の話《はなし》では、おれたちは死《し》ぬと、星《ほし》から星《ほし》へとぶのだそうだ。それはうそだが、しかしずいぶんおもしろい話《はなし》だとおもう。どうかしておれも星《ほし》の世界《せかい》までちょいととんでいくくふうはないかしら、すると、からだぐらいはこの段段《だんだん》のうえにのこしていってもいい。」

ところで、この世《よ》の中《なか》には、おたがい口《くち》にだしていうことをつつしまなければならないことがずいぶんあるものです。取《と》りわけ足《あし》に幸福《こうふく》のうわおいぐつなんかはいているときは、たれだって、よけい注意《ちゅうい》がかんじんです。まあそのとき、夜番《よばん》の身《み》の上《うえ》に、どんなことがおこったとおもいますか。

たれしも知《し》っている限《かぎ》りでは、蒸気《じょうき》の物《もの》をはこぶ力《ちから》の早《はや》いことはわかっています。それは鉄道《てつどう》でもためしてみたことだし、海《うみ》の上《うえ》を汽船《きせん》でとおってみてもわかります。ところが蒸気《じょうき》の速力《そくりょく》などは、光《ひかり》がはこぶ早《はや》さにくらべれば、なまけもの・・・がのそのそ歩《ある》いているか、かたつむりがむずむずはっているようなものです。それは第一流《だいいちりゅう》の競走者《きょうそうしゃ》の千九百万倍《せんきゅうひゃくまんばい》もはやく走《はし》ります。電気《でんき》となるともっと早《はや》いのです。死《し》ぬというのは電気《でんき》で心臓《しんぞう》を撃《う》たれることなので、その電気《でんき》のつばさにのって、からだをはなれた魂《たましい》はとんで行《ゆ》きます。太陽《たいよう》の光《ひかり》は、二千万《にせんまん》マイル以《い》上《じょう》の旅《たび》を、八分《はちふん》と二《に》、三秒《さんびょう》ですませてしまいます。ところで電気《でんき》の早飛脚《はやびきゃく》によれば、たましいは、太陽《たいよう》と同《おな》じ道《みち》のりを、もっと少《すく》い時間《じかん》でとんでいってしまいます。天《てん》体《たい》と天体《てんたい》とのあいだを往《い》きかいするのは、同《おな》じ町《まち》のなかで知《し》っている同士《どうし》が、いやもっと近《ちか》く、ついお隣同士《となりどうし》が往《ゆ》きかいするのと大《たい》してちがったことではありません。でも、この下界《げかい》では心臓《しんぞう》を電気《でんき》にうたれると、からだがはたらかなくなる危険《きけん》があります。ただこの夜番《よばん》のように、幸福《こうふく》のうわおいぐつをはいているときだけは、べつでした。

なん秒《びょう》かで、夜番《よばん》は五万二千《ごまんにせん》マイルの道《みち》をいって、月《つき》の世界《せかい》までとびました。それは、地《ち》の上《うえ》の世界《せかい》とはちがった、ずっと軽《かる》い材料《ざいりょう》でできていました。そしていわば降《ふ》りだしたばかりの雪《ゆき》のようにふわふわしています。夜番《よばん》は例《れい》の*メードレル博士《はかせ》の月世界大地図《つきせかいだいちず》で、あなた方《がた》もおなじみの、かずしれず環《わ》なりに取《と》りまわした山《やま》のひとつにくだりました。山《やま》が輪《わ》になってめぐっている内《うち》がわに、切《き》っ立《た》てになったはち形《がた》のくぼみが、なんマイルもふかく掘《ほ》れていました。その堀《ほり》の底《そこ》に町《まち》があって、そのようすはちょっというと、卵《たまご》の白味《しろみ》を、水《みず》を入《い》れたコップに落《お》したというおもむきですが、いかにも、さわってみると、まるで卵《たまご》の白味《しろみ》のように、ぶよぶよやわらかで、人間《にんげん》の世界《せかい》と同《おな》じような塔《とう》や、円屋根《まるやね》のお堂《どう》や、帆《ほ》のかたちした露台《ろだい》が、薄《うす》い空気《くうき》のなかに、すきとおって浮《う》いていました。さて人間《にんげん》の住《す》む地球《ちきゅう》は、大《おお》きな赤黒《あかぐろ》い火《ひ》の玉《たま》のように、あたまの上《うえ》の空《そら》にぶら下《さ》がっていました。

＊ドイツの天文学者《てんもんがくしゃ》

夜番《よばん》はまもなく、たくさんの生《い》きものにであいました。それはたぶん月《つき》の世界《せかい》の「人間《にんげん》」なのでしょうが、そのようすはわたしたちとはすっかりちがっていました。（＊＊偽《にせ》ヘルシェルが、作《つく》り出《だ》したものよりも、ずっとたしかな想像《そうぞう》でこしらえられていて、一列《いちれつ》にならばせて、画《え》にかいたら、こりゃあうつくしいアラビヤ模様《もよう》だというでしょう。）この人《ひと》たちもやはり言葉《ことば》を話《はな》しましたが、夜番《よばん》のたましいにそれがわかろうとは、たれだっておもわなかったでしょう。（ところがそれが、わかったのだからふしぎですが、人間《にんげん》のたましいには、おもいの外《ほか》の働《はたら》きがあるのです。そのびっくりするような芝居《しばい》めいた才能《さいのう》は、夢《ゆめ》の中《なか》でもはたらくとおりでしょう。そこでは知合《しりあい》のたれかれがでて来《き》て、いかにもその気性《きしょう》をあらわした、めいめい特有《とくゆう》の声《こえ》で話《はな》します。それは目《め》がさめてのちまねようにもまねられないものです。どうしてたましいは、もうなん年《ねん》もおもいだしもしずにいた人《ひと》たちを、わたしたちの所《ところ》へつれてくるのでしょう。それは、わたしたちのたましいのなかへ、いきなりと、ごくこまかいくせまでももってあらわれてきます。まったく、わたしたちのたましいのもつ記憶《きおく》はおそろしいようですね。それはどんな罪《つみ》でも、どんなわるいかんがえでも、そのままあらわしてみせます。こうなると、わたしたちの心《こころ》にうかんで、くちびるにのぼったかぎりの、どんなくだらない言葉《ことば》でも、そのこらずの明細《めいさい》ができそうなことです。）

＊＊ドイツで出版《しゅっぱん》された月世界《つきせかい》のうそ話《ばなし》。括弧内《かっこない》の文《ぶん》は原本《げんぽん》になく、アメリカ版《ばん》による。

そこで夜番《よばん》のたましいは、月《つき》の世界《せかい》の人《ひと》たちの言葉《ことば》をずいぶんよくときました。その人《ひと》たちはこの地球《ちきゅう》の話《はなし》をして、そこはいったい人間《にんげん》が住《す》めるところかしらとうたぐっていました。なんでも地球《ちきゅう》は空気《くうき》が重《おも》たすぎて、感《かん》じのこまかい月《つき》の人《ひと》にはとても住《す》めまいといいはりました。その人《ひと》たちは、月《つき》の世界《せかい》だけに人間《にんげん》が住《す》んでいるとおもっているのです。なぜなら、古《ふる》くからの世界人《せかいじん》が住《す》んでいる、ほんとうの世界《せかい》といったら、月《つき》のほかにはないというのです。（この人《ひと》たちはまた政治《せいじ》の話《はなし》もしていました。）

それはそれとして、またもとの東通《ひがしどおり》へくだっていって、そこに夜番《よばん》のたましいがおき去《ざ》りにして来《き》たからだは、どうしたかみてみましょう。

夜番《よばん》は、階段《かいだん》の上《うえ》で息《いき》がなくなってねていました。明星《みょうじょう》をあたまにつけたやりは、手《て》からころげ落《お》ちて、その目《め》はぼんやりと月《つき》の世界《せかい》をながめていました。夜番《よばん》のからだは、そのほうへあこがれてでていった正直《しょうじき》なたましいのゆくえをながめていたのです。

「こら夜番《よばん》、なん時《どき》か。」と、往来《おうらい》の男《おとこ》がたずねました。ところが返事《へんじ》のできない夜番《よばん》でありました。そこでこの男《おとこ》は、ごく軽《かる》く夜番《よばん》の鼻《はな》をつきますと、夜番《よばん》はからだの平均《へいきん》を失《うしな》って、ながながと地《じ》びたにたおれて、死《し》んでしまいました。鼻《はな》をついた男《おとこ》は、びっくりしたのしないのではありません。夜番《よばん》が死《し》んだまま生《い》きかえらないのです。さっそく知《し》らせる、相談《そうだん》がはじまる、明《あ》くる朝《あさ》、死体《したい》は病院《びょういん》にはこばれました。

ところで、月《つき》の世界《せかい》へあそびにでかけたたましいが、そこへひょっこり帰《かえ》って来《き》て、東通《ひがしどおり》に残《のこ》したからだを、ありったけの心《こころ》あたりを探《さが》してみて、みつけなかったら、かなりおもしろいことになるでしょう。たぶんたましいはまず第一《だいいち》に警察《けいさつ》へでかけるでしょう。それから人事調査所《じんじちょうさしょ》へもいくでしょう。そしてなくなった品物《しなもの》のゆくえについて捜索《そうさく》がはじまるでしょう。それから、やっと、病院《びょういん》までたずねていくことになるかも知《し》れませんが、でも安心《あんしん》してよろしい。たましいはじぶんの身《み》じんまくをするのは、この上《うえ》なくきようです。まのぬけているのはからだです。

さて申《もう》し上《あ》げたとおり、夜番《よばん》のからだは病院《びょういん》へはこばれました。そうして清潔室《せいけつしつ》に入《い》れられました。死体《したい》をきよめるについて、もちろん第一《だいいち》にすることは、うわおいぐつをぬがせることでした。そこで、いやでもたましいはかえってこないわけにはいきません。で、さっそくたましいはからだへもどって来《き》ました。すると、みるみる死骸《しがい》に気息《いき》がでて来《き》ました。夜番《よばん》は、これこそ一生《いっしょう》に一《いち》どの恐《おそろ》しい夜《よる》であったと白状《はくじょう》しました。もうグロシェン銀貨《ぎんか》なん枚《まい》もらっても、二《に》どとこんなおもいはしたくないといいました。しかし今《いま》となれば、いっさい、すんだことでした。

その日《ひ》、すぐと、夜番《よばん》は、病院《びょういん》をでることをゆるされました。けれど、うわおいぐつは、それなり病院《びょういん》にのこっていました。

四　一大事《いちだいじ》　朗読会《ろうどくかい》の番組《ばんぐみ》　世《よ》にもめずらしい旅《たび》

コペンハーゲンに生《う》まれたものなら、たれでもその町《まち》のフレデリク病院《びょういん》の入口《いりぐち》がどんなようすか知《し》っているはずです。でもこの話《はなし》を読《よ》む人《ひと》のなかには、コペンハーゲン生《う》まれでない人《ひと》もあるでしょうから、まずそれについて、かんたんなお話《はなし》をしておかなくてはなりますまい。

さて、その病院《びょういん》と往来《おうらい》とのあいだにはかなり高《たか》いさく・・があって、ふとい鉄《てつ》の棒《ぼう》が、まあ、ずいぶんやせこけた志願助手《しがんじょしゅ》ででもあったらむりにもぬけられそうな、というくらいの間《ま》をおいて並《なら》んでいました。それで、ここからぬけてちょっとしたそとの用事《ようじ》がたせるというわけでした。ただからだのなかで、いちばんむずかしいのはあたまでした。そこでよくあるとおり、ここでも小《こ》あたまがなによりのしあわせということになるのでした。まずこのくらいで、前口上《まえこうじょう》はたくさんでしょう。

さて、若《わか》いひとりの志願助手《しがんじょしゅ》がありました。からだのことだけでいうと、大《おお》あたまの男《おとこ》でしたが、これが、ちょうどその晩《ばん》、宿直《しゅくちょく》に当《あた》っていました。雨《あめ》もざんざん降《ふ》っていました。しかし、このふたつのさわりにはかまわず、この人《ひと》はぜひそとへでる用《よう》がありました。それもほんの十五分《じゅうごふん》ばかりのことだ、門番《もんばん》にたのんで門《もん》をあけてもらうまでもなかろう、ついさくをくぐってもでられそうだからとおもいました。ふとみると夜番《よばん》のおいていったうわおいぐつがそこにありました。これが幸福《こうふく》のうわおいぐつであろうとはしりませんでした。こういう雨降《あめふ》りの日《ひ》には、くっきょうなものがあったとおもって、それをくつの上《うえ》にはきました。ところで、はたしてさくはくぐることができるものかどうか、今《いま》までは、ついそれをためしてみたことがないのです、そこでさくのまえにたちました、

「どうかあたまがそとにでますように。」と、助手《じょしゅ》はいいました。するとたちまち、いったいずいぶんのさいづちあたまなのが、わけなくすっぽりでました。そのくらい、うわぐつは心《こころ》えていました。ところで、こんどはからだをださなければならないのに、そこでぐっとつまってしまいました。

「こりゃ肥《ふと》りすぎているわい。どうもあたまが一番始《いちばんし》

末《まつ》がわるそうだとおもったのだが。でるのはだめか。」と、助手《じょしゅ》はいいました。

そこで、いそいであたまをひっこめようとしました。けれども、うまくいきませんでした。どうやら動《うご》くのは首《くび》だけで、しかしそれきりでした。はじめはぷりぷりしてみました。そのうちがっかりして、零下何度《れいかなんど》のごきげんになってしまいました。幸福《こうふく》のうわおいぐつは、この人《ひと》をこんななさけないめにあわせたのです。しかも、ふしあわせと、ああどうか自由《じゆう》になりたいとひとことということをおもいつかずにいました。そういう代《か》わりに、むやみとじれて、がたがたやりました、でもいっこう動《うご》けません。雨《あめ》はしぶきをたてながれました。往来《おうらい》には人《ひと》ッ子《こ》ひとり通《とお》りません。門《もん》のベルにはせいがとどきません。どうしてぬけだしましょう。こうなると、まずあしたの朝《あさ》まで、そこにそのままたっているということになりそうです。そこで、みんながみつけてかじ屋《や》を呼《よ》びにやってくれて、鉄《てつ》の格子《こうし》をやすりで切《き》ってだすというところでしょう。だがそういうしごとは、ちょっくりはこぶものではありません。すぐまえの青建物《あおたてもの》の貧民学校《ひんみんがっこう》から、総出《そうで》でくる、すぐそばの海員地区《かいいんちく》からも、つながってくる、このお仕置台《しおきだい》に首《くび》をはさまれている、さらし物《もの》の見物《けんぶつ》で、去年竜舌蘭《きょねんりゅうぜつらん》の大輪《たいりん》が咲《さ》いたときのさわぎとはまたちがった、大《たい》へんな人《ひと》だかりになるでしょう。「ううう、苦《くる》しい。血《ち》があたまに上《のぼ》るようだ。おれは気《き》がちがう。――そうだ、もう気《き》がちがいかけている。ああ、どうかして自由《じゆう》になりたい、それだけでもういいんだ。」

これはもう少《すこ》し早《はや》くいえばよかったことでした。こうおもったとおり口《くち》にだしたとたん、あたまは自由《じゆう》になりました。幸福《こうふく》のうわおいぐつのおそろしいきき目《め》にびっくりして、助手《じょしゅ》はむちゅうでうちへかけ込《こ》みました。

しかし、これでいっさいすんだとおもってはいけません。これからもっとたいへんなことになるのです。

その晩《ばん》はそれですぎて、次《つぎ》の日《ひ》も無事《ぶじ》に暮《く》れました。

たれもうわおいぐつを取《と》りにくるものはありませんでした。

その日《ひ》の夕《ゆう》、カニケ街《がい》の小《ちい》さな朗読会《ろうどくかい》の催《もよお》しがあるはずでした。小屋《こや》はぎっしりつまっていました。朗読会《ろうどくかい》の番組《ばんぐみ》のなかに、新作《しんさく》の詩《し》がありました。それをわたしたちもききましょう。さて、その題《だい》は、

おばあさんの目《め》がね

ぼくのおばあちゃん、名代《なだい》のもの知《し》り、
「昔《むかし》の世《よ》」ならばさっそく火《ひ》あぶり、
あったことなら、なんでも知《し》ってて、

その上《うえ》、来年《らいねん》のことまでわかって、
四十年《よんじゅうねん》さきまでみとおしの神《かみ》わざ、
そのくせ、それをいうのがきらい、
ねえ、来年《らいねん》はどうなりますか、
なにかかわったことでもないか、
お国《くに》の大事《だいじ》か、ぼくの身《み》の上《うえ》、
やっぱり、おばあちゃん、なんにもいわない、
それでもせがむと、おおいごきげん、
はじめのがんばり、いつものとおりさ、
もうひと押《お》しだ、かわいい孫《まご》だ、
ぼくのたのみをきかずにいようか。

「ではいっぺんならかなえてあげる」
やっと承知《しょうち》で目《め》がねを貸《か》した。
「さて、どこなりとおおぜいひとの
あつまるなかへでかけていって
ごったかえしを、目《め》がねでのぞくと、
とたんに、それこそカルタの札《ふだ》の
うらないみたいに、なんでも分《わ》かる
さきのさきまで、手《て》にとるように。」

おれいもそこそこ、みたいがさきで、
すぐかけだしたが、さてどこへいく。

長町通《ランケリニエ》か、あそこはさむい、
東堤《エスデルガーデ》か、ペッ、くされ沼《ぬま》
それでは、芝居《しばい》か、こりゃおもいつき、
出《だ》しものもよし―お客《きゃく》は大入《おおいり》。
―そこでまかり出《で》た今夜《こんや》の催《もよお》し、
おばばの目《め》がねをまずこうかけて、
さあながめます―お逃《に》げなさるな―
ほんに、皆《みな》さま、カルタの札《ふだ》で
未来《みらい》のうらない、あたればなぐさみ―
ではよろしいか。ご返事《へんじ》ないのは承知《しょうち》のしるし。
さて、ご好意《こうい》のお礼《れい》ごころに、

目《め》がねでみたこと申《もう》しあける。
では、皆《みな》さまの、じぶんのお国《くに》の、未来《みらい》のひみつ、
カルタのおもてに読《よ》みとりまする。
（目《め》がねをかける）
ははん、なるほど、いや、わらわせる。
珍妙《ちんみょう》ふしぎ、お目《め》にかけたい。
カルタの殿方《とのがた》、ずらりとならんで、
お行儀《ぎょうぎ》のいい、ハートのご婦人《ふじん》。
そちらに黒《くろ》いは、クラブにスペード
—ひと目《め》にずんずん、ほら、みえてくる—
スペードの嬢《じょう》ちゃま、ダイヤのジャックに、

どうやらないしょのうち明《あ》け話《ばなし》で、
みているこっちが酔《よ》うよなありさま。
そちらはたいしたお金持《かねもち》そうな――
よその国《くに》からお客《きゃく》がたえない。
だが、つまらない――どうでもよいこと。

では、政治向《せいじむき》。おまちなさいよ――新聞種《しんぶんだね》だ――
のちほどゆっくり読《よ》んだらわかるさ。
ここでしゃべると、業務《ぎょうむ》の妨害《ぼうがい》、
晩《ばん》のごはんのたのしみなくなる。
そんならお芝居《しばい》――初演《しょえん》の新作《しんさく》。おこのみ流行《りゅうこう》。

いけない、これは──支配人《しはいにん》とけんかだ。
そこでじぶんの身《み》の上《うえ》のこと、
たれしもこれが、いちばん気《き》になる。
それはみえます──だがまあいえない、
いずれそのときにゃ、しぜんと分《わ》かる。
ここにはいるひと、たれがいちばんしあわせものか。
いちばんしあわせもの。そりゃあ、まあ、わかります。
さようさ、それは──いや、まあ、ごえんりょ申《もう》しましょう。

こりゃあ、がっかりなさる方《かた》がおおかろう。
では、どなたがいちばん長生《ながい》きなさるか、
こちらの殿方《とのがた》か、あちらの奥《おく》さまか、
いや、こんなこと申《もう》さば、なおさらごめいわく。
すると、これか――いや、だめだ――あれか――だめだな、
さあ、あれもと――どうしていいか、さっぱりわからん。
なにしろ、どなたかのごきげんにさわります。
いっそ、皆《みな》さまのお心《こころ》のなか、
それなら目《め》がねも見《み》とおしだ。

皆《みな》さん、かんがえていますね。いや、なにかのぞんでおいでかな。
くだらなすぎるというように。
きさま、あんまりばかばかしいぞ、
くだらぬおしゃべりもうやめろ、
それが一致《いっち》のごいけんならば
はいはいやめます、だまります。

この詩《し》の朗読《ろうどく》はなかなかりっぱなできで、演者《えんじゃ》は面目《めんもく》をほどこしました。見物《けんぶつ》のなかには、れいの病院《びょういん》の志願《しがん》助手《じょしゅ》が、ゆうべの大事件《だいじけん》はけろりと忘《わす》れたような顔《かお》をしてまじっていました。たれも取《と》りにくるものがないので、うわおいぐつは相変《あいかわ》らずはいたままでした。それになにしろ往来《おうらい》は道《みち》がひどいのでこれはとんだちょうほうでした。

この詩《し》を助手《じょしゅ》はおもしろいとおもいました。なによりもそのおもいつきが心《こころ》をひきました。そういう目《め》がねがあったらさぞいいだろう。じょうずにつかうと、その目《め》がねで、ひとの心《こころ》のなかをみとおすことができるわけだ。これは来年《らいねん》のことを今《いま》みるよりも、もっとおもしろいことだとかんがえました。なぜなら、さきのことはさきになれば分《わ》かるが、ひとの心《こころ》なんてめったに分《わ》かるものなのではないのです。

「そこで、おれはまずいちばんまえの紳士貴女諸君《しんしきじょしょくん》の列《れつ》をながめることにする。――いきなり、あの人《ひと》たちの胸《むね》のなかにとびこんだらどうだろう。まあ窓《まど》だな、店《みせ》をひろげたようにいろいろな物《もの》がならんでいるだろう。どんなにおれの目《め》は、その店《みせ》のなかをきょろきょろすることだろう。きっと、あすこの奥《おく》さんの所《ところ》は大《おお》きな小間物《こまもの》屋《や》にはいったようだろう。こちらのほうはきっと店《みせ》がからっぽだろう。だいぶそうじがとどかないな。だがたしかな品物《しなもの》をうる店《みせ》だってありそうなものだ。やれやれ。」

と、助手《じょしゅ》はため息《いき》をつきながら、またかんがえつづけました。「なんでもたしかな品《しな》ばかり売《う》るという店《みせ》があるのだか、そこにはあいにくもう店番《みせばん》がいる。それがきずさ。こちらの店《みせ》もあちらの店《みせ》も「だんな、どうぞおはいりください」といいたそうだ。そこでかわいらしい「かんがえ」の精《せい》のようなものになって、あの人《ひと》たちの胸《むね》のなかをのぞきまわってみてやりたい。」

ほら、うわおいぐつにはもうこれだけで通《つう》じました。たちまち助手《じょしゅ》はからだがちぢくれ上《あ》がって、一《いち》ばんまえがわの見物《けんぶつ》の心《こころ》から心《こころ》へ実《じつ》にふしぎな旅行《りょこう》をはじめることになりました。まっさきにはいっていったのは、ある奥《おく》さまの心《こころ》で、整形外科《せいけいげか》の手術室《しゅじゅつしつ》にはいりこんだようにおもいました。これはお医者《いしゃ》さまが、かたわな人《ひと》のよぶんな肉《にく》を切《き》りとって、からだのかっこうをよくしてくれる所《ところ》をいうのです。そのへやには、かたわな手足《てあし》のギプス型《がた》が壁《かべ》に立《た》てかけてありました。ただちがうのは整形《せいけい》病院《びょういん》では、ギプス型《がた》を患者《かんじゃ》がはいってくるたんびにとるのですが、この心《こころ》のなかでは、人《ひと》がでていったあとで型《かた》をとって、保存《ほぞん》されることでした。ここにあるのは女《おんな》のお友《とも》だちの型《かた》で。そのからだと心《こころ》の欠点《けってん》がそのままここに保存《ほぞん》されていました。

すぐまた、ほかの女《おんな》のなかにはいっていきました。しかし、これは大《おお》きな神神《こうごう》しいお寺《てら》のようにおもわれました。無垢《むく》の白《しろ》はとが、高《たか》い聖壇《せいだん》の上《うえ》をとんでいました。よっぽどひざをついて拝《おが》みたいとおもったくらいでした。しかし、すぐと次《つぎ》の心《こころ》のなかにはいっていかなければなりませんでした。でも、まだオルガンの音《おと》がきこえていました。そうしてじぶんがまえよりもいい、別《べつ》の人間《にんげん》になったようにおもわれました。いばって次《つぎ》の聖堂《せいどう》にはいる資格《しかく》が、できたように感《かん》じました。それは貧《まず》しい屋根裏《やねうら》のへやのかたちであらわれて、なかには病人《びょうにん》のおかあさんがねていました。けれどあいた窓《まど》からは神《かみ》さまのお日《ひ》さまの光《ひかり》が温《あたた》かくさしこみましたうつくしいばらの花《はな》が、屋根《やね》の上《うえ》の小《ちい》さな木箱《きばこ》のなかから、が・・・てんがてん・・していました。空色《そらいろ》した二羽《にわ》の小鳥《ことり》が、こどもらしいよろこびのうたを歌《うた》っていました。そのなかで、病人《びょうにん》のおかあさんは、むすめのために、神《かみ》さまのおめぐみを祈《いの》っていました。

それから、肉《にく》でいっぱいつまった肉屋《にくや》の店《みせ》を、四《よ》つんばいになってはいあるきました。ここは肉《にく》ばかりでした。どこまでいっても、肉《にく》のほかなにもありませんでした。これはお金持《かねもち》のりっぱな紳士《しんし》の心《こころ》でした。おそらく、この人《ひと》の名《な》まえは紳士録《しんしろく》にのっているでしょう。

こんどはその紳士《しんし》の奥《おく》さまの心《こころ》のなかにはいりました。その心《こころ》は、古《ふる》い荒《あ》れはてたはと・・小屋《ごや》でした。ごていしゅの像《ぞう》がほんの風見《かざみ》のにわとり代《がわ》りにつかわれていました。その風見《かざみ》は、小屋《こや》の戸《と》にくっついていて、ごていしゅの風見《かざみ》がくるりくるりするとおりに、あいたりとじたりしました。

それからつぎには、ローゼンボルのお城《しろ》でみるような鏡《かがみ》の間《ま》にでました。でもこの鏡《かがみ》は、うそらしいほど大《おお》きくみせるようにできていました。床《ゆか》のまんなかには、達頼喇嘛《ダライラマ》のように、その持主《もちぬし》のつまらない「わたし」が、じぶんでじぶんの家《いえ》の大《おお》きいのにあきれながらすわっていました。

それからこんどは、針《はり》がいっぱいつんつんツッたっている、せまい針箱《はりばこ》のなかにはこばれました。これはきっと年《とし》をとっておよめにいけないむすめの心《こころ》にちがいないとおもいました。けれど、じつはそうではありません。たくさん勲章《くんしょう》をぶら下《さ》げている若《わか》い士官《しかん》の心《こころ》でした。しかし、世間《せけん》ではこの人《ひと》を才《さい》と情《じょう》のかねそなわった人物《じんぶつ》だといっていました。

あわれな助手《じょしゅ》は、列《れつ》のいちばんおしまいの人《ひと》の心《こころ》からぬけだしたとき、すっかりあたまがへんになっていて、まるでかんがえがまとまりませんでした。やたらとはげしいもうぞうが、じぶんといっしょにかけずりまわったのだとおもいました。

「やれやれ、おどろいた。」と、助手《じょしゅ》はため息《いき》をつきました。「おれはどうも気《き》ちがいになるうまれつきらしい。それに、ここは、むやみと暑《あつ》い。血《ち》があたまにのぼるわけさ。」

そこで、ふとゆうべの、病院《びょういん》の鉄《てつ》さくにあたまをはさまれた大事件《だいじけん》をおもいだしました。

「きっとあのとき病気《びょうき》にかかったにちがいない。」と、助手《じょしゅ》はおもいました。「すぐどうかしなければならない。ロシア風呂《ぶろ》がきくかも知《し》れない。ならば一等上《いっとううえ》のたなにねたいものだ。」

するともう、さっそくに蒸風呂《むしぶろ》のいちばん上《うえ》のたなにねていました。ところで、着物《きもの》を着《き》たなり、長《なが》ぐつも、うわおいぐつもそのままでねていました。天井《てんじょう》からあついしずくが、ぽた、ぽた、顔《かお》に落《お》ちて来《き》ました。

「うわあ。」と、とんきょうにさけんで、こんどは灌水浴《かんすいよく》をするつもりで下《した》へおりました。湯番《ゆばん》は着物《きもの》を着《き》こんだ男《おとこ》がとびだしたのをみてびっくりして、大《おお》きなさけび声《ごえ》をたてました。

でも、そういうなかで、助手《じょしゅ》は、湯番《ゆばん》の耳《みみ》に、

「なあにかけをしているのだよ。」と、ささやくだけの余裕《よゆう》がありました。さて、へやにかえってさっそくにしたことは、首《くび》にひとつ、背中《せなか》にひとつ、大《おお》きなスペイン

発泡膏《はっぽうこう》をはることでした。これでからだのなかの気《き》ちがいじみた毒気《どくけ》を吸《す》いとろうというわけです。明《あ》くる朝《あさ》、助手《じょしゅ》は、赤《あか》ただれたせなかをしていました。これが幸福《こうふく》のうわおいぐつからさずけてもらった御利益《ごりやく》のいっさいでした。

五　書記《しょき》の変化《へんげ》

　さて、わたしたちがまだ忘《わす》れずにいたあの夜番《よばん》は、そのうち、じぶんがみつけて、病院《びょういん》までもはいていったうわおいぐつのことをおもいだしました。そこで、とってかえりましたが、むこう二階《にかい》の中尉《ちゅうい》にも、町《まち》のたれかれにきいても、持主《もちぬし》は、わかりませんでしたから、警察《けいさつ》へとどけました。

「これはわたしのうわおいぐつにそっくりだ。」と、この拾得物《しゅうとくぶつ》をみた書記君《しょきくん》のひとりがいって、じぶんのと並《なら》べてみました。「どうして、くつ屋《や》でもこれをみわけるのはむずかしかろう。」

「書記《しょき》さん。」と、そのとき小使《こづかい》が書類《しょるい》をもってはいって来《き》ました。

書記《しょき》はふりむいてその男《おとこ》と話《はなし》をしていました。話《はなし》がすむと、またうわおいぐつのほうへむかいましたが、もうそのときは、右《みぎ》か左《ひだり》かじぶんのがわからなくなってしまいました。

「しめっているほうがわたしのにちがいない。」と、書記《しょき》君《くん》はおもいました。でも、これはかんがえちがいでした。なぜなら、そのほうが幸福《こうふく》のうわおいぐつだったのです。だって警察《けいさつ》のお役人《やくにん》だって、まちがわないとはかぎらないでしょう。で、すましてそれをはいて、書類《しょるい》をかくしにつッこみました。それからあとは小《こ》わきにかかえました。これを内《うち》へかえって読《よ》んで、コピイ（副本《ふくほん》）をつくらなければならないのです。ところで、その日《ひ》は日曜《にちよう》の朝《あさ》で、いいお天気《てんき》でした。ひとつ、フレデリクスベルグへでもぶらぶらでてみるかな、とかんがえて、そちらに足《あし》をむけました。

さて、この青年《せいねん》ぐらい、おとなしい、堅人《かたじん》はめったにありません。すこしばかりの散歩《さんぽ》を、この人《ひと》がするのは、さんせいですよ。ながく腰《こし》をかけ通《とお》していたあとで、きっとからだにいいでしょう。はじめのうち、この人《ひと》もただぽかんとしてあるいていました。そこで、うわおいぐつも魔法《まほう》をつかう機会《きかい》がありませんでした。

公園《こうえん》の並木道《なみきみち》にはいると、書記《しょき》はふとお友《とも》だちの、若《わか》い詩人《しじん》にであいました。詩人《しじん》は、あしたから旅《たび》にでかけるところだと話《はな》しました。

「じゃあ、もうでかけるのかい。」と、書記《しょき》はうらやましそうにいいました。「なんて幸福《こうふく》な自由《じゆう》な身《み》の上《うえ》だろう。いつどこへでも、好《す》きなところへとんでいけるのだ。われわれと来《き》ては、足《あし》にくさりをつけられているのだからね。」

「だが、そのくさりはパンの木《き》にゆいつけてあるのだろう。」と、詩人《しじん》はいいました。「そのかわりくらしの心配《しんぱい》はいらないのだ。年《とし》をとれば、恩給《おんきゅう》がもらえるしな。」

「やはりなんといっても、きみのほうがいいくらしをしているよ。」と、書記《しょき》がいいました。「うちにすわって詩《し》を書《か》いているというのは、楽《たの》しみにちがいない。それで世間《せけん》からはもてはやされる。おれはおれだでやっていける。まあ、きみ、いちどためしにやってみたまえ。こまごました役所《やくしょ》のしごとに首《くび》をつっこんでいるということが、どんなことだかわかるから。」

詩人《しじん》はあたまをふりました。書記《しょき》も同様《どうよう》にあたまをふりました。てんでにじぶんじぶんの意見《いけん》をいい張《は》って、そのままふたりは別《わか》れました。

「どうも詩人《しじん》というものはきみょうななかまだな。」と、書記《しょき》はおもいました。「わたしもああいう人間《にんげん》の心持《こころもち》になってみたいものだ。じぶんで詩人《しじん》になってみたいものだ。わたしなら、むろん、あの連中《れんちゅう》のように泣言《なきごと》をならべはしないぞ……ああ、詩人《しじん》にとってなんてすばらしい春《はる》だろう。あんなにも空気《くうき》は澄《す》み、雲《くも》はあくまでうつくしい。わか葉《ば》の緑《みどり》にかおりただよう。そうだ、もうなん年《ねん》にも、このしゅんかんのような気持《きもち》をわたしは知《し》らなかった。」

これで、もうこの書記《しょき》は、さっそく、詩人《しじん》になっていたことがわかります。べつだん目《め》につくほどのことはありません。いったい詩人《しじん》とほかの人間《にんげん》とでは、うまれつきからまるでちがっているようにかんがえるのは、ばかげたことです。ただの人《ひと》で詩人《しじん》と名《な》のっているたいていの人間《にんげん》よりも、もっと詩人《しじん》らしい気質《きしつ》の人《ひと》がいくらもあるのです。ただまあ詩人《しじん》となれば、おもったこと感《かん》じたことをよくおぼえていて、それをはっきりと、言葉《ことば》に書《か》きあらわすだけの天分《てんぶん》がある、そこらがちがうところです。でも、世間《せけん》なみの気質《きしつ》から詩人《しじん》の天分《てんぶん》にうつるというのは、やはり大《おお》きなかわり方《かた》にちがいないので、それをいま、この書記君《しょきくん》がしているのです。

「なんとすばらしい匂《におい》だ。」と、書記《しょき》はいいました。「ローネおばさんのすみれの花《はな》をおもい出《だ》させる。そう、あれはわたしのこどものじぶんだった。はてね、ながいあいだおもいだしもしずにいたのだがな。いいおばさんだったなあ。おばさんは取引所《とりひきじょ》のうしろに住《す》んでいた。いつも木《き》の枝《えだ》か青《あお》いわか枝《えだ》をだいじそうに水《みず》にさして、どんな冬《ふゆ》の寒《さむ》いときでも、あたたかいへやのなかにおいた。

ほっこりとすみれが花《はな》をひらいているわきで、わたしは凍《こお》った窓《まど》ガラスに火《ひ》であつくした銅貨《どうか》をおしつけて、すきみの穴《あな》をこしらえたものだ。あれはおもしろい見物《けんぶつ》だった。そとの掘割《ほりわり》には船《ふね》が氷《こおり》にとじられていた。乗組《のりくみ》はみんなどこかへいっていて、からすが一羽《いちわ》のこってかあかあないていた。やがて春風《はるかぜ》がそよそよ吹《ふ》きそめると、なにかが生《い》き生《い》きして来《き》た。にぎやかな歌《うた》とさけび声《ごえ》のなかに、氷《こおり》がこわされる。船《ふね》にタールがぬられて、帆綱《ほづな》のしたくができると、やがて知《し》らない国《くに》へこぎ出《だ》していってしまう。でも、わたしはいつまでもここにのこっている。年《ねん》がら年《ねん》じゅう警察《けいさつ》のいすに腰《こし》をかけて、ひとが外国行《がいこくゆき》の旅券《りょけん》を受《う》け取《と》っていくのをながめている、これがわたしの持《も》ってうまれた運《うん》なのだ。うん、うん、どうも。」

こうおもって、書記《しょき》はふかいため息《いき》をつきましたが。ふと、気《き》がついて、

「はて、おかしいぞ。わたしは、いったいどうしたというのだろう。いつもこんなふうに、かんがえたり感《かん》じたりしたことはなかったのに。きっと心《こころ》のなかに春風《はるかぜ》が吹《ふ》き込《こ》んだのかな。なにかやるせないようで、そのくせいい気持《きもち》だ。」

こうおもいながらなにげなくかくし・・・のなかの紙《かみ》に手《て》を

ふれました。「いけない。これがせっかくのかんがえをほかにむけさせるのだ。」書記《しょき》はそういいながらはじめの一枚《いちまい》にふと目《め》をさらしますと、それはこう読《よ》まれました。『ジグブリット夫人《ふじん》、五幕新作悲劇《ごまくしんさくひげき》』おやおや、これはなんだ。しかもこれはわたしの手《て》だぞ。わたしはいつこんな悲劇《ひげき》なんて書《か》いたろう。軽喜歌劇散歩道《けいきかげきさんぽみち》の陰謀《いんぼう》一名懺悔祈祷日《いちみょうざんげきとうび》。はてね、どこでこんなものをもらったろう。たれかいたずらに、かくしに入《い》れたかな。おやおや、ここに手紙《てがみ》があるぞ。」

いかにもそれは劇場《げきじょう》の支配人《しはいにん》から来《き》たものでした。あなたのお作《さく》は上場《じょうじょう》いたしかねますと、それもいっこう礼《れい》をつくさない書《か》きぶりで書《か》いてありました。

「ふん、ふん。」こう書記《しょき》はつぶやきながら、腰掛《こしかけ》に腰《こし》をおろしました。なにか心《こころ》がおどって、生《い》きかえったようで、気分《きぶん》がやさしくなりました。ついすぐそばの花《はな》をひとつ手《て》につみました。それはつまらない、ちいさなひなぎくの花《はな》でした。植物学者《しょくぶつがくしゃ》が、なんべんも、なんべんも、お講義《こうぎ》を重《かさ》ねて、やっと説明《せつめい》することを、この花《はな》はほんの一分間《いっぷんかん》に話《はな》してくれました。それはじぶんの生《お》いたちの昔話《むかしばなし》もしました。お日《ひ》さまの光《ひかり》がやわらかな花《はな》びらをひらかせ、いい匂《におい》を立《た》たせてくださる話《はなし》もしました。そのとき、書記《しょき》は、「いのちのたたかい」ということを、ふとおもいました。これもやはりわたしたちの心《こころ》を動《うご》かすものでした。

空気《くうき》と光《ひかり》は花《はな》と仲《なか》よしでした。それでも光《ひかり》がよけいすきなので、いつも光《ひかり》のほうへ、花《はな》は顔《かお》をむけました。ただ光《ひかり》が消《き》えてしまったとき、花《はな》は花《はな》びらをまるめて、空《くう》気《き》に抱《だ》かれながら眠《ねむ》りました。

「わたしを飾《かざ》ってくれるのは、光《ひかり》ですよ。」と、花《はな》はいいました。

「でも、空気《くうき》はおまえに息《いき》をさせてくれるだろう。」と、詩人《しじん》の声《こえ》がささやきました。

すると、すぐそばに、ひとりの男《おとこ》の子《こ》が、溝川《どぶかわ》の上《うえ》を棒《ぼう》でたたいていました。にごった水《みず》のしずくが緑《みどり》の枝《えだ》の上《うえ》にはねあがりました。すると、書記《しょき》はそのしずくといっしょにたかく投《な》げあげられたなん万《まん》という目《め》にみえないちいさい生《い》き物《もの》のことをおもいました。それは、からだの大《おお》きさの割合《わりあい》からすると、ちょうどわたしたちが雲《くも》の上《うえ》まで高《たか》く投《な》げられたと同《おな》じようなものでしょうか。そんなことを書記《しょき》はおもいながら、だんだんかわっていくじぶんをおかしく感《かん》じました。

「どうも眠《ねむ》って夢《ゆめ》をみているのだな。だが、ふしぎなことにはちがいない。そんなにまざまざ夢《ゆめ》をみていて、しかも夢《ゆめ》のなかで、それが夢《ゆめ》だと知《し》っているのだからな。

どうかして夢《ゆめ》にみたことをのこらず、あくる日目《ひめ》がさめてもおぼえていられたらいいだろう。どうもいつもとちがって、気分《きぶん》がみょうにうかれている。なにをみてもはっきりわかるし、生《い》き生《い》きとものをかんじている。でも、あしたになっておもいだしたら、ずいぶんばかげているにちがいない。せんにもよくあったことだ。夢《ゆめ》のなかでいろいろと賢《かしこ》いことやりっぱなことをいったり、きいたりするものだ。それは地《ち》の下《した》の小人《こびと》の金《きん》のようなものだ。それを受《う》けとったときには、たくさんできれいな金《きん》にみえるが、あかるい所《ところ》でみると、石《いし》ころか枯《かれ》ッ葉《ぱ》になってしまう。やれ、やれ、やれ。」

書記《しょき》は、さもつまらなそうにため息《いき》をついて、枝《えだ》から枝《えだ》へ、愉快《ゆかい》そうにとびまわって、ちいちいさえずってい
る小鳥《ことり》をながめました。
「小鳥《ことり》はわたしよりずっとよくくらしている。とぶと
いうことは、なにしろたいしたわざだ。つばさをそなえ
てうまれたものはしあわせだ。そうだな。わたしがもし
なにか人間《にんげん》でないものに変《かわ》れるならかわいいひばりにな
りたいものだ。」
こういうが早《はや》いか、書記《しょき》の服《ふく》のせなかに、両《りょう》そでがびっ
たりくっついて、つばさになりました。着物《きもの》は羽根《はね》にな
り、うわおいぐつはつめ・・になりました。書記《しょき》はじぶんの

ずんずん変《かわ》っていくすがたをはっきりみながら、心《こころ》のなかでわらいました。「なるほど、これでいよいよ夢《ゆめ》をみているることがわかる。だが、わたしはまだこんなおもいきってばかげた夢《ゆめ》をみたことはないぞ。」こういって、ひばりになった書記《しょき》は、みどりの枝《えだ》のなかをとびまわってうたいました。

もう、その歌《うた》に詩《し》はありません。詩人《しじん》の気質《きしつ》はなくなってしまったのです。このうわおいぐつは、なんでもものごとをつきつめてするひとのように、一時《いちじ》にひとつのことしかできません。詩人《しじん》になりたいというと、詩人《しじん》になりました。こんどは小鳥《ことり》になりたいというと、小鳥《ことり》になりました。とたんに詩人《しじん》の心《こころ》は消《き》えました。

「こいつは実《じつ》におもしろいぞ。」と、書記《しょき》はとびながら、なおかんがえつづけました。「わたしは昼間《ひるま》、役所《やくしょ》につとめて、石《いし》のように堅《かた》い椅子《いす》に腰《こし》をかけて、おもしろくないといって、およそこの上《うえ》ない法律書類《ほうりつしょるい》のなかに首《くび》をつッこんでいる。夜《よる》になると夢《ゆめ》をみて、ひばりになって、フレデリクスベルグ公園《こうえん》の木《き》のなかをとびまわる。こりゃあ、りっぱに大衆喜劇《たいしゅうきげき》の種《たね》になる。」

そこで、書記《しょき》のひばりは草《くさ》のなかに舞《ま》いおりて、ほうぼうに首《くび》をむけて、草《くさ》の茎《くき》をくちばしでつつきました。それはいまのじぶんの大《おお》きさにくらべては、北《きた》アフリカのしゅろの枝《えだ》ほどもありそうでした。

するとだしぬけにまわりがまっ暗《くら》やみになってしまいました。なにか大《おお》きなものが、上《うえ》からかぶさって来《き》たようにおもわれました。これはニュウボデルから来《き》た船《せん》員《いん》のこどもが、大《おお》きな帽《ぼう》子《し》を小《こ》鳥《とり》の上《うえ》に投《な》げかけたものでした。やがて下《した》からぬっと手《て》がはいって来《き》て、書《しょ》記《き》のひばりのせなかとつばさをひどくしめつけたので、おもわずぴいぴい鳴《な》きました。そして、びっくりした大《おお》きな声《こえ》で「このわんぱく小《こ》僧《ぞう》め、おれは警《けい》察《さつ》のお役《やく》人《にん》だぞ。」とどなりました。けれどもこどもには、ただぴいぴいときこえるだけでした。そこでこの男《おとこ》の子《こ》は鳥《とり》のくちばしをたたいて、つかんだままほうぼうあるきまわりました。やがて、並木道《なみきみち》で、男《おとこ》の子《こ》はほかのふたりのこどもに出《で》あいました。身分《みぶん》をいう人間《にんげん》の社会《しゃかい》では、いい所《ところ》のこどもというのですが、学校《がっこう》では精神《せいしん》がものをいうので、ごく下《した》の級《きゅう》に入《い》れられていました。このこどもたちが、シリング銀貨《ぎんか》二《に》、三枚《さんまい》で小鳥《ことり》を買《か》いました。そこで、ひばりの書記《しょき》は、またコペンハーゲンのゴーテルス通《どおり》のある家《いえ》へつれてこられることになりました。

「夢《ゆめ》だからいいようなものだが。」と、書記《しょき》はいいました。「さもなければ、おれはほんとうにおこってしまう。はじめに詩人《しじん》で、こんどはひばりか。しかもわたしを小《こ》鳥《とり》にかえたのは、詩人《しじん》の気質《きしつ》がそうしたのだよ。それがこどもらの手《て》につかまれるようになっては、いかにもなさけない。このおしまいは、いったいどうなるつもりか、見当《けんとう》がつかない。」

やがて、こどもたちはひばりをたいそうりっぱなおへやにつれこみました。ふとったにこにこした奥《おく》さまが、こどもたちをむかえました。この子《こ》たちのおかあさまでしたろう。けれども、このおかあさまは、ひばりのことを「下等《かとう》な野《の》そだちの鳥《とり》」とよんで、そんなものをうちのなかへ入《い》れることをなかなかしょうちしてくれません。やっとたのんで、ではきょう一日《いちにち》だけということで許《ゆる》してもらえました。で、ひばりは窓《まど》のわきにある、かラッポなかごのなかに入《い》れられなければなりませんでした。「おうむちゃん、きっと、うれしがるでしょうよ。」と、奥《おく》さまはいって、上《うえ》のきれいなしんちゅうのかごのなかの輪《わ》で、お上品《じょうひん》ぶってゆらゆらしている大《おお》きなおうむにわらいかけました。

「きょうはおうむちゃんのお誕生日《たんじょうび》だったねえ。」と、奥《おく》さまはあまやかすようにいいました。「だから、このちっぽけな野《の》そだちの鳥《とり》もお祝《いわい》をいいに来《き》たのだろうよ。」

おうむちゃんはこれにひとことも返事《へんじ》をしませんでし

た。ただお上品《じょうひん》ぶってゆらゆらしていました。すると、去年《きょねん》の夏《なつ》、あたたかい南《みなみ》の国《くに》のかんばしい林《はやし》のなかから、ここへつれてこられた、かわいらしいカナリヤが、たかい声《こえ》で歌《うた》をうたいはじめました。

「やかましいよ。」と、奥《おく》さまはいいました。そうして白《しろ》いハンケチを鳥《とり》かごにかけてしまいました。

「ぴい、ぴい。」と、カナリヤはため息《いき》をつきました。「おそろしい雪《ゆき》おろしになって来《き》たぞ。」こういってため息《いき》をつきながら、だまってしまいました。

書記《しょき》は、いや、奥《おく》さまのおっしゃる下等《かとう》な野《の》そだちの鳥《とり》は、カナリヤのすぐそばのちいさなかごに入《い》れられました。おうむからもそう遠《とお》くはなれてはいませんでした。このおうむちゃんのしゃべれる人間《にんげん》のせりふはたったひとつきり、それは、「まあ、人《ひと》になることですよ。」というので、それがずいぶんとぼけてきこえるときがありました。そのほかに、ぎゃあぎゃあいうことは、カナリヤの歌《うた》と同様《どうよう》、人間《にんげん》がきいてもまるでわけがわかりませんでした。ただ書記《しょき》だけは、やはり小鳥《ことり》のなかまにはいったので、いうことはよくわかりました。

「わたしはみどりのしゅろの木《き》や、白《しろ》い花《はな》の咲《さ》くあん・ず・の木《き》の下《した》をとんでいたのだ。」と、カナリヤがうたいました。「わたしは男《おとこ》のきょうだいや女《おんな》のきょうだいいたちと、きれいな花《はな》の咲《さ》いた上《うえ》や、鏡《かがみ》のようにあかるいみどりの上《うえ》をとんでいたのだ。みずうみの底《そこ》には、やはり草《くさ》や木《き》が、ゆらゆらゆられていた。それからずいぶん、ながいお話《はなし》をたくさんしてくれるきれいなおうむさんにもあった。」

「ありゃ野《の》そだちの鳥《とり》よ。」と、おうむがこたえました。

「あれらはなにも教育《きょういく》がないのだ。まあ人《ひと》になることですよ。おまえ、なぜわらわない。奥《おく》さんやお客《きゃく》さんたちがわらったら、おまえもわらう。娯楽《ごらく》に趣味《しゅみ》をもたないのは欠点《けってん》です。まあ人《ひと》になることですよ。」

「おまえさん、おぼえているでしょう。花《はな》の咲《さ》いた木《き》の下《した》に、天幕《てんまく》を張《は》って、ダンスをしたかわいらしいむすめたちのことを、野《の》に生《は》えた草《くさ》のなかに、あまい実《み》がなって、つめたい汁《しる》の流《なが》れていたことを。」

「うん、そりゃ、おぼえている。」と、おうむがこたえました。「だが、ここのお内《うち》で、ぼくはもっといいくらしをしているのだ。ごちそうはあるし、だいじに扱《あつか》われている。この上《うえ》ののぞみはないのさ。まあ、人《ひと》になることですよ。きみは詩人《しじん》のたましいとかいうやつをもっている。ぼくはなんでも深《ふか》い知識《ちしき》ととんちをもっている。きみは天才《てんさい》はあるが、思慮《しりょ》がないよ。持《も》ってうまれた高《こう》調子《ちょうし》で、とんきょうにやりだす、すぐ上《うえ》からふろしきをかぶされてしまうのさ。そこはぼくになるとちがう。どうしてそんな安《やす》ッぽいのじゃない。この大《おお》きなくちばしだけでも、威厳《いげん》があるからな。しかもこのくちばしで、とんちをふりまいて人《ひと》をうれしがらせる。まあ、人《ひと》になることですよ。」

「ああ、わがなつかしき、花《はな》さく熱帯《ねったい》の故国《ここく》よ。」とカナリヤがうたいました。「わたしはあのみどりしたたる木立《こだち》と、鏡《かがみ》のような水《みず》に枝《えだ》が影《かげ》をうつしている静《しず》かな入《い》り江《え》をほめたたえよう。『沙漠《さばく》の泉《いずみ》の木《き》』が茂《しげ》って、そこにうつくしくかがやくきょうだいの鳥《とり》たちのよろこびをほめたたえよう。」

「さあ、たのむから、もうそんななさけない声《こえ》を出《だ》すのはよしておくれ。」と、おうむがいいました。

「なにかわらえるようなことをうたっておくれ。わらいはいとも高尚《こうしょう》な心《こころ》のしるしだ。犬《いぬ》や馬《うま》がわらえるかね。どうだ。どうして、あれらはなくだけです。わらいは人《ひと》にだけ与《あた》えられたものだ。ほッほッほ。」

こうおうむはわらってみせて、「まあ、人《ひと》になることですよ。」とむすびました。

「もし、もし、そこに灰色《はいいろ》しているデンマルクの小鳥《ことり》さん。」と、カナリヤがひばりに声《こえ》をかけました。「きみもやはり囚人《しゅうじん》になったんだな。なるほど、きみの国《くに》の森《もり》は寒《さむ》いだろう。だが、そこにはまだ自由《じゆう》がある。とびだせ。とびだせ。きみのかごの戸《と》はしめるのを忘《わす》れている。上《うえ》の窓《まど》はあいているぞ。逃《に》げろ、逃《に》げろ。」

カナリヤがこういうと、書記《しょき》はついそれにのって、すうとかどをとびだしました。そのとたん、となりのへやの、半分《はんぶん》あいた戸《と》がぎいと鳴《な》ると、みどり色《いろ》した火《ひ》のような目《め》の飼《か》いねこがしのんで来《き》ました。そうして、いきなりひばりを追《お》っかけようとしました、カナリヤはかごのなかをとびまわりました。おうむもつばさをばさばさやって「まあ、人《ひと》になることですよ。」とさけびました。書記《しょき》は、もう死《し》ぬほどおどろいて、窓《まど》から屋根《やね》へ往来《おうらい》へとにげました。とうとうくたびれて、すこし休《やす》まなければならなくなりました。

するとむこうがわの家《いえ》が、住《す》み心地《ごこち》のよさそうなようすをしていました。窓《まど》がひとつあけてあったので、そこからつういととび込《こ》むと、そこはじぶんのへやの書斎《しょさい》でした。ひばりはそこのつくえの上《うえ》にとびおりました。

「まあ、人《ひと》になることですよ。」と、ひばりはついおうむの口《くち》まねをしていいました。そのとたんに、書記《しょき》にもどりました。ただつくえの上《うえ》にのっかっていました。

「やれ、やれおどろいた。」と、書記《しょき》はいいました。「どうしてこんな所《ところ》にのっかっているのだろう。しかもひどく寝込《ねこ》んでしまって、なにしろおちつかない夢《ゆめ》だった。しまいまで、くだらないことばかりで、じょうだんにもほどがある。」

六　うわおいぐつのさずけてくれたいちばんいい事《こと》

明《あ》くる日《ひ》、朝早《あさはや》く、書記君《しょきくん》まだ寝床《ねどこ》にはいっていますと、戸《と》をこつこつやる音《おと》がきこえました。それはおなじ階《かい》でおとなり同士《どうし》の若《わか》い神学生《しんがくせい》で、はいって来《き》てこういいました。

「きみのうわおいぐつを貸《か》し

てくれたまえ。」と、学生《がくせい》はいいました。「庭《にわ》はひどくしめっているけれど、日《ひ》はかんかん照《て》っている。おりていって、一服《いっぷく》やりたいとおもうのだよ。」

学生《がくせい》にうわおいぐつをはいて、まもなく庭《にわ》へおりました。庭《にわ》にはすももの木《き》となしの木《き》がありました。これだけのちょっとした庭《にわ》でも、都《みやこ》のなかではどうして大《たい》したねうちです。

学生《がくせい》は庭《にわ》の小《こ》みちをあちこちあるきまわりました。まだやっと六時《ろくじ》で、往来《おうらい》には郵便馬車《ゆうびんばしゃ》のラッパがきこえました。

「ああ、旅行《りょこう》。旅行《りょこう》。」と、学生《がくせい》はさけびました。「これこそ、この世《よ》のいちばん大《おお》きな幸福《こうふく》だ。これこそぼくの希望《きぼう》のいちばんたかい目標《もくひょう》だ。旅《たび》に出《で》てこそぼくのこの不安《ふあん》な気持《きもち》が落《お》ちつく、だが、ずっとおくではなければなるまい。うつくしいスウィスがみたい。イタリアへいきたい――」

いや、うわおいぐつがさっそくしるしをみせてくれたことは有《あ》りがたいことでした。さもないと、じぶんにしても、他人《たにん》のわたしたちにしても、始末《しまつ》のわるい遠方《えんぽう》までとんでいってしまうところでした。さて、学生《がくせい》は旅行《りょこう》の途中《とちゅう》です。スウィスのまんなかで、急行馬車《きゅうこうばしゃ》に、ほかの八人《はちにん》の相客《あいきゃく》といっしょにつめこまれていました。頭痛《ずつう》がして、首《くび》がだるくて、足《あし》は血《ち》が下《さ》がってふくれた上《うえ》をきゅうくつな長《なが》ぐつでしめつけられていました。眠《ねむ》っているとも、さめているともつかず、うとうとゆられていました。右《みぎ》のかくしには信用手形《しんようてがた》を入《い》れ、左《ひだり》のかくしには、旅券《りょけん》を入《い》れていました。ルイドール金貨《きんか》が胸《むね》の小《ちい》さな革紙入《かくしいれ》にぬい入《い》れてありました。うとうとするとこのだいじな品物《しなもの》のうちどれかをなくした夢《ゆめ》をみました。それで、熱《ねつ》のたかいときのように、ひょいととびあがりました。そうしてすぐと手《て》を動《うご》かして、右《みぎ》から左《ひだり》へ三角《さんかく》をこしらえて、それから胸《むね》にさわってまだなくさずに持《も》っているかどうかみました。こうもりがさと帽子《ぼうし》とステッキは、あたまの上《うえ》の網《あみ》のなかでゆれてぶら下《さ》がっていて、せっかくのすばらしいそとの景色《けしき》をみるじゃまをしていました。でも、その下《した》からのぞいてみるだけでして、そのかわり学生《がくせい》は心《こころ》のなかで、詩人《しじん》とまあいってもいいでしょう、わたしたち知《し》っているさる人《ひと》が、スウィスで作《つく》って、そのままだ印刷《いんさつ》されずにいる詩《し》をうたっていました。

さなり、ここに心《こころ》ゆくかぎりの美《び》はひらかれ
モンブランの山天《やまあま》そそる姿《すがた》をあらわす。
嚢中《のうちゅう》のかくもすみやかに空《むな》しからずば、はや

あわれ、いつまでもこの景《けい》にむかいいたらまし。

みるかぎりの自然《しぜん》に、大《おお》きく、おごそかで、うすぐらくもみえました。もみの木《き》の林《はやし》が、高《たか》い山《やま》の上《うえ》で、草《くさ》やぶかなんぞのようにみえました。山《やま》のいただきは雲霧《くもきり》にかくれてみえませんでした。やがて雪《ゆき》が降《ふ》りはじめて、風《かぜ》がつめたく吹《ふ》いて来《き》ました。

「おお、寒《さむ》い。」と、学生《がくせい》はため息《いき》をつきました。「これがアルプスのむこうがわであったらいいな。あちらはいつも夏景色《なつげしき》で、その上《うえ》、この信用手形《しんようてがた》でお金《かね》が取《と》れるのだろうが。金《かね》の心配《しんぱい》で、せっかくのスウィスも十分《じゅうぶん》に楽《たの》しめない。どうかはやくむこうへいきたいなあ。」

こういうと、もう学生《がくせい》は山《やま》のむこうがわのイタリアのまんなかの、フィレンツェとローマのあいだに来《き》ていました。トラジメーネのみずうみは、夕《ゆう》ばえのなかで、暗《くら》いあい色《いろ》の山《やま》にかこまれながら、金色《きんいろ》のほのおのようにかがやいていました。ここは昔《むかし》、ハンニバルがフラミウスをやぶったところで、そこにぶどうのつるが、みどりの指《ゆび》をやさしくからみあっていました。かわいらしい半《はん》裸体《らたい》のこどもらが、道《みち》ばたの香《かお》り高《たか》い月桂樹《げっけいじゅ》の林《はやし》のなかで、まっ黒《くろ》なぶたの群《むれ》を飼《か》っていました。もしこの景色《けしき》をそのまま画《え》にかいてみせることができたら、たれだって「ああ、すばらしいイタリア。」とさけばずにはいられないでしょう。けれどもさしあたり神学生《しんがくせい》も、おなじウェッツラ（四輪馬車《よんりんばしゃ》）にのりあわせた旅《たび》の道《みち》づれも、それをくちびるにのせたものはありませんでした。

毒《どく》のあるはえやあぶが、なん千《ぜん》となく、むれて馬車《ばしゃ》のなかへとびこんで来《き》ました。みんな気《き》ちがいのように、ミルテの枝《えだ》をふりまわしましたが、はえはへいきで刺《さ》しました。馬車《ばしゃ》の客《きゃく》は、ひとりだってさされて顔《かお》のはれあがらないものはありませんでした。かわいそうな馬《うま》は腐《くさ》れ肉《にく》でもあるかのようにはえのたかるままになっていました。たまにぎょ者《しゃ》がおりて、いっぱいたかっている虫《むし》をはらいのけると、そのときだけいくらかほっとしました。いま、日《ひ》は沈《しず》みかけました。みじかい、あいだですが、氷《こおり》のような冷《ひや》やかさが万物《ばんぶつ》にしみとおって、それはどうにもこころよいものではありません。でも、まわりの山《やま》や雲《くも》が、むかしの画《え》にあるような、それはうつくしいみどり色《いろ》の調子《ちょうし》をたたえて、いかにもあかるくすみとおって――まあなんでも、じぶんでいってみることで、書《か》いたものをよむだけではわかりません。まったくたとえようのないけしきです。この旅行者《りょこうしゃ》たちたれもやはりそうおもいました。でも――胃《い》の腑《ふ》はからになっていましたし、からだも疲《つか》れきっていました。ただもう今夜《こんや》のとまり、それだけがたれしもの心《こころ》のねがいでした。さてどうそれがなるのか。うつくしい自然《しぜん》よりも、そのほうへたれの心《こころ》もむかっていました。

道《みち》は、かんらんの林《はやし》のなかを通《とお》っていきました。学生《がくせい》は、故郷《こきょう》にいて、節《ふし》だらけのやなぎの木《き》のあいだをぬけて行《い》くときのような気《き》もちでした。やがてそこにさびしい宿屋《やどや》をみつけました。足《あし》なえのこじきがひとかたまり、そこの入口《いりぐち》に陣取《じんど》っていました。なかでいちばんすばやいやつでも、ききんの惣領息子《そうりょうむすこ》が丁年《ていねん》になったような顔《かお》をしています。そのほかは、めくらかいざりかどちらかでしたから、両手《りょうて》ではいまわるか、指《ゆび》の腐《くさ》れおちた手《て》をあわせていました。これはまったくみじめがぼろにくるまって出《で》て来《き》た有様《ありさま》でした。＊「エチェレンツア・ミゼラビリ」と、こじきはため息《いき》まじりにかたわな手《て》をさしだしました。なにしろこの宿屋《やどや》のおかみさんからして、はだしでくしを入《い》れないぼやぼやのあたまに、よごれくさったブルーズ一枚《いちまい》でお客《きゃく》を迎《むか》えました。戸《と》はひもでくくりつけてありました。へやのゆかは煉瓦《れんが》が半分《はんぶん》くずれた上《うえ》を掘《ほ》りかえしたようなていさいでした。こうもりが天井《てんじょう》の下《した》をとびまわって、へやのなかから、むっとくさいにおいがしました――。

＊旦那《だんな》さま、かわいそうなものでございます。

「そうだ、いっそ食卓《しょくたく》はうまやのなかにもちだすがいい。」と、旅人《たびびと》のひとりがいいました。「まだしもあそこなら息《いき》ができそうだ。」

窓《まど》はあけはなされました。そうすればすこしはすずしい風《かぜ》がはいってくるかとおもったのです。ところが風《かぜ》よりもっとす早《ばや》く、か・っ・た・い・ぼうの手《て》がでて来《き》て、相変《あいかわ》らず「ミゼラビリ・エチェレンツァ」と鼻《はな》をならしつづけました。壁《かべ》のうえにはたくさん楽書《らくがき》がしてありましたが、その半分《はんぶん》は＊「ベルラ・イタリア」にはんたいなことばばかりでした。

＊イタリアよいとこ。

夕飯《ゆうはん》がでました。それはこしょうと、ぷんとくさい脂《あぶら》で味《あじ》をつけた水《みず》っぽいスープとでした。そのくさい脂《あぶら》がサラダのおもな味《あじ》でした。かびくさい卵《たまご》と、鶏冠《とさか》の焼《や》いたのが一《いっ》とうのごちそうでした。ぶどう酒《しゅ》までがへんな味《あじ》がしました。それはたまらないまぜものがしてありました。

夜《よる》になると、旅《たび》かばんをならべて戸《と》に寄《よ》せかけました。ほかのもののねているあいだ、旅人《たびびと》のひとりが交代《こうたい》で起《お》きて夜番《よばん》をすることになりました。そこで神学生《しんがくせい》がまずその役《やく》にあたりました。ああ、なんてむんむすることか。暑《あつ》さに息《いき》がふさがるようでした。蚊《か》がぶん、ぶん、とんで来て刺しました。おもての「ミゼラビリ」は夢のなかでも泣《な》きつづけていました。

「そりゃ旅行《りょこう》もけっこうなものさ。」と、神学生《しんがくせい》はいいました。「人間《にんげん》に肉体《にくたい》というものがなければな。からだは休《やす》ましておいて、心《こころ》だけとびあるくことができたらいいさ。どこへいってもぼくは心《こころ》をおされるよう不満《ふまん》にであう。ぼくののぞんでいたのは、現在《げんざい》の境遇《きょうぐう》より少《すこ》しはいいものなのだ。そうだ、もう少《すこ》しいいもの、いちばんいいものだ。だが、それはどこにある。それはなんだ。心《こころ》のそこには求《もと》めているものがなにかよくわかっている。わたしは幸福《こうふく》を目《め》あてにしたいのだ。すべてのもののなかでいちばん幸福《こうふく》なものをね。」

するとう、いうがはやいか、学生《がくせい》は、もうじぶんの内《うち》へかえっていました、長《なが》い、白《しろ》いカーテンが窓《まど》からさがっていました。そうしてへやのまんなかに、黒《くろ》い棺《かん》がおいてありました。そのなかで、学生《がくせい》は死《し》んで、しずかに眠《ねむ》っていたのでした。のぞみははたされたのです――肉体《にくたい》は休息《きゅうそく》して、精神《せいしん》だけが自由《じゆう》に旅《たび》をしていました。「いまだ墓《はか》にいらざるまえ、なにびとも幸福《こうふく》というを得《え》ず。」とは、ギリシアの賢人《けんじん》ソロンの言葉《ことば》でした。ここにそのことばが新《あたら》しく証明《しょうめい》されたわけです。

すべて、しかばねは不死不滅《ふしふめつ》のスフィンクスです。いま目《め》のまえの黒《くろ》い棺《かん》のなかにあるスフィンクスも、死《し》ぬつい三日《みっか》まえ書《か》いた、次《つぎ》のことばでそのこたえをあたえているのです。

いかめしい死《し》よ、おまえの沈黙《ちんもく》は恐怖《きょうふ》をさそう。
おまえの地上《ちじょう》にのこす痕跡《あと》は寺《てら》の墓場《はかば》だけなのか。
たましいは*ヤコブのはしごを見《み》ることはないのか。
墓場《はかば》の草《くさ》となるほかに復活《ふっかつ》の道《みち》はないのか。
この上《うえ》なく深《ふか》いかなしみをも世間《せけん》はしばしばみす

ごしている。
おまえは孤独《こどく》のまま最後《さいご》の道《みち》をたどっていく。
しかもこの世《よ》にあって心《こころ》の荷《にな》う義務《ぎむ》はいやが上《うえ》に
重《おも》い、
それは棺《かん》の壁《かべ》をおす土《つち》よりも重《おも》いのだ。
＊ヤコブがみたという地上《ちじょう》と天国《てんごく》をつなぐはしご
（創世記《そうせいき》二十八《にじゅうはち》ノ十二《じゅうに》）
ふたつの姿《すがた》がへやのなかでちらちら動《うご》いていました。
わたしたちはふたりとも知《し》っています。それは心配《しんぱい》の
妖女《ようじょ》と、幸福《こうふく》の女神《めがみ》の召使《めしつかい》でした。ふたりは死人《しびと》の上《うえ》に
のぞきこみました。

心配《しんぱい》がいいました。「ごらん、おまえさんのうわおいぐつがどんな幸福《こうふく》をさずけたでしょう。」

「でも、とにかくここに寝《ね》ている男《おとこ》には、ながい善福《ぜんぷく》をさずけたではありませんか。」と、よろこびがこたえました。

「まあ、どうして。」と、心配《しんぱい》がいいました。「この人《ひと》はじぶんで出《で》て行《い》ったので、まだ召《め》されたわけではなかったのですよ。この人《ひと》の精神《せいしん》はまだ強《つよ》さが足《た》りないので、当然《とうぜん》掘《ほ》り起《おこ》さなければならないはずの宝《たから》を掘《ほ》り起《おこ》さずにしまいました。わたしはこの人《ひと》に好《よ》いことをしてやりましょう。」

こういって、心配《しんぱい》は学生《がくせい》の足《あし》のうわおいぐつをぬがしてやりました。すると、死《し》の眠《ねむり》がおしまいになって、学《がく》生《せい》は目《め》をさまして立《た》ちあがりました。心配《しんぱい》の姿《すがた》は消《き》えました。それといっしょにうわおいぐつも消《き》えてなくなりました。――きっと心配《しんぱい》が、そののちそれをじぶんの物《もの》にして、もっているのでしょう。

【凡例】

・本編「幸福のうわおいぐつ」は、青空文庫作成の文字データを使用した。
底本：「新訳アンデルセン童話集第一巻」同和春秋社
　　１９５５（昭和30）年7月20日初版発行
※「旧字、旧仮名で書かれた作品を、現代表記にあらためる際の作業指針」に基づいて、底本の表記をあらためた。
※疑問箇所の確認にあたっては、「アンデルセン童話集2　一本足の兵隊」冨山房百科文庫、冨山房、１９３８（昭和13）年12月10日発行を参照した。
入力：大久保ゆう
校正：秋鹿
２００６年1月18日作成
２００９年9月13日修正

・文字遣いは、青空文庫のデータによる。
・この作品には、今日からみれば不適切と思われる表現が含まれているが、作品の描かれた時代と、作品本来の価値に鑑み、底本のままとした。
・ルビは、青空文庫のものに加えて、新字新仮名のルビを付し、総ルビとした。
・追加したルビには文字遣いの他、読み方など格段の基準は設けていない。

家《いえ》じゅうの人《ひと》たちの言《い》ったこと

家《いえ》じゅうの人《ひと》たちは、なんと言《い》ったでしょうか？　まずさいしょに、マリーちゃんの言《い》ったことを聞《き》きましょう。

その日《ひ》は、マリーちゃんのお誕生日《たんじょうび》でした。マリーちゃんにとっては、いちばん楽《たの》しい日《ひ》のような気《き》がしました。小《ちい》さなお友《とも》だちが、大《おお》ぜいあそびにきました。マリーちゃんは、いちばんきれいな着物《きもの》を着《き》ました。その着物《きもの》は、いままでは神《かみ》さまのところにいらっしゃるおばあさまから、いただいたものでした。おばあさまは、明《あか》るい美《うつく》しい天国《てんごく》にいらっしゃるまえに、自分《じぶん》でこの着物《きもの》をたって、ぬってくださったのです。

マリーちゃんのお部屋《へや》の机《つくえ》の上《うえ》は、いろんな贈《おく》り物《もの》で、ピカピカかがやいていました。たとえば、この上《うえ》もなくかわいらしいお台所《だいどころ》。それには、ほんとのお台所《だいどころ》にいるものが、のこらずついていました。それから、お人形《にんぎょう》。このお人形《にんぎょう》は、おなかを押《お》すと、目《め》をくるくるまわして、キューッ、と、いいました。そのほか、すてきにおもしろいお話《はなし》の書《か》いてある絵本《えほん》もありました。もっとも、それには、字《じ》が読《よ》めなければ、だめですけど。

けれども、どんなお話《はなし》よりももっとすてきなのは、お誕生日《たんじょうび》をたくさん、むかえることでした。

「ええ、一日一日《いちにちいちにち》、生《い》きていくことが、とっても楽《たの》しいわ！」と、マリーちゃんは言《い》いました。名《な》づけ親《おや》がそれを聞《き》いて、これこそ、いちばん美《うつく》しい物語《ものがたり》だと、言《い》いました。

おとなりの部屋《へや》を、ふたりのにいさんが、歩《ある》いていました。ふたりとも、大《おお》きな子《こ》で、ひとりは九《ここの》つ、もうひとりは十一《じゅういち》でした。このふたりも、一日一日《いちにちいちにち》が、とっても楽《たの》しそうでした。といっても、マリーちゃんのような、小《ちい》さい子供《こども》ではありませんから、その生《い》きかたも、マリーちゃんとはちがっていました。

ふたりは、元気《げんき》のいい小学生《しょうがくせい》で、学校《がっこう》の成績《せいせき》は、「優《ゆう》」でした。毎日《まいにち》、友《とも》だちとふざけて打《ぶ》ちあいをしたり、冬《ふゆ》にはスケートをしたり、また夏《なつ》には自転車《じてんしゃ》を乗《の》りまわしたりしました。それから、騎士城《きしじょう》や、引上《ひきあ》げ橋《ばし》や、城内《じょうない》のろうごくの話《はなし》を読《よ》んだり、アフリカ奥地《おくち》の探検《たんけん》の話《はなし》を聞《き》いたりしました。

ひとりのにいさんは、自分《じぶん》が大《おお》きくならないうちに、なにもかも、発見《はっけん》されてしまうのではないかと思《おも》って、心配《しんぱい》しました。それで、冒険旅行《ぼうけんりょこう》に出《で》たがっていました。人生《じんせい》がいちばんおもしろい冒険《ぼうけん》の物語《ものがたり》だよ、その中《なか》には、自分《じぶん》じしんがはいっているんだから、と、名《な》づけ親《おや》は言《い》いました。

この子供《こども》たちは、こうして、毎日毎日《まいにちまいにち》、部屋《へや》のなかで、わいわいさわぎまわっていました。

さて、その上《うえ》の二階《にかい》には、この一家《いっか》からわかれた、家《か》族《ぞく》が住《す》んでいました。そこにも、子供《こども》がいました。といっても、もう大《おお》きくて、子供《こども》とはいえない人《ひと》たちでした。ひとりの息子《むすこ》は十七《じゅうしち》で、もうひとりは二十《はたち》。三番目《さんばんめ》の人《ひと》は、それよりももっと年上《としうえ》よ、と、マリーちゃんは言《い》っていました。この息子《むすこ》は二十五《にじゅうご》で、婚約《こんやく》していました。

三人《さんにん》の息子《むすこ》は、みんな幸福《こうふく》でした。いい両親《りょうしん》はありますし、いい着物《きもの》は着《き》られますし、それに、すぐれた才能《さいのう》にもめぐまれていましたから。みんなは、それぞれ、自《じ》分《ぶん》の好《す》きなものになろうと思《おも》いました。

「進《すす》め！ 古《ふる》い板《いた》べいなんか、みんな取《と》りはらってしまえ！ 広《ひろ》い世《よ》の中《なか》を、自由《じゆう》に見《み》わたすんだ。世《よ》の中《なか》くらい、おもしろいものはないからなあ。名《な》づけ親《おや》のおじさんの、おっしゃるとおりさ。人生《じんせい》こそ、いちばん美《うつく》しい物語《ものがたり》なんだ！」

おとうさんとおかあさんは、ふたりとも、かなりの年《とし》でした、――もちろん、子供《こども》たちより、年上《としうえ》にはちがいありません――ふたりは、口《くち》もとに、ほほえみをうかべ、目《め》と心《こころ》にもほほえみをたたえて、こう言《い》いました。

「若《わか》い者《もの》は、なんて元気《げんき》がいいんだろう！　世《よ》の中《なか》は、みんなが思《おも》うようなものではないが、ともかく世《よ》の中《なか》なんだ。人生《じんせい》というのは、じっさい、ふしぎな、おもしろい物語《ものがたり》だよ」

さて、そのもう一つ《ひと》上《うえ》の部屋《へや》に、――世間《せけん》では、屋根裏《やねうら》部屋《べや》に住《す》むと、天国《てんごく》にすこし近《ちか》くなったと、よく言《い》いますが、――その屋根裏部屋《やねうらべや》に、名《な》づけ親《おや》が住《す》んでいました。名《な》づけ親《おや》は、年《とし》こそとっていましたが、気持《きもち》はたいへん若《わか》くて、いつも上《じょう》きげんでした。そして、長《なが》いお話《はなし》を、たくさん知《し》っていました。この人《ひと》は世界《せかい》じゅうを旅行《りょこう》していました。それで、この人《ひと》の部屋《へや》には、いろんな国《くに》の美《うつく》しいものが、いっぱい飾《かざ》ってありました。

天井《てんじょう》から床《ゆか》まで、何枚《なんまい》もの絵《え》がかけてあり、窓《まど》には、赤《あか》と黄色《きいろ》のガラスがいくつもはまっていました。その窓《まど》ガラスをとおして外《そと》を見《み》ると、空《そら》が灰色《はいいろ》にくもっているときでも、世《よ》の中《なか》ぜんたいが、お日《ひ》さまに明《あか》るく照《て》らされているようでした。

大《おお》きなガラス箱《ばこ》の中《なか》に、緑《みどり》の植物《しょくぶつ》が植《う》えてありました。その中《なか》の、小《ちい》さくしきった場所《ばしょ》で、キンギョが泳《およ》いでいました。キンギョは、なにかあるものを、見《み》つめていました。そのようすは、まるで、ひとに話《はな》したくないことを、たくさん知《し》っているようでした。

この部屋《へや》は、一年《いちねん》じゅう、冬《ふゆ》のあいだでさえも、花《はな》のにおいがしていました。だんろでは、火《ひ》があかあかと燃《も》えていました。そのまえにすわって、ほのおを見《み》つめながら、火《ひ》がパチパチ燃《も》えるのを聞《き》いているのは、まことに気持《きもち》のよいものです。

「ほのおが、わしのために、古《ふる》い思《おも》い出《で》を読《よ》んでくれる!」と、名《な》づけ親《おや》は言《い》いました。マリーちゃんにも、ほのおの中《なか》に、いろんなものの姿《すがた》が見《み》えるような気《き》がしました。

そのすぐそばにある、大《おお》きな本棚《ほんだな》には、ほんものの本《ほん》が、ぎっしりつまっていました。名《な》づけ親《おや》は、その中《なか》の一冊《いっさつ》を、よく読《よ》んでいました。そしてその本《ほん》のことを、書物《しょもつ》の中《なか》の書物《しょもつ》だ、と、呼《よ》んでいました。それは聖書《せいしょ》でした。その中《なか》には、全世界《ぜんせかい》の、そして人類《じんるい》ぜんたいの歴《れき》史《し》が、お話《はなし》になって書《か》かれているのです。天地創造《てんちそうぞう》の話《はなし》だとか、洪水《こうずい》の話《はなし》だとか、いろんな王《おう》さまや、また王《おう》さまの中《なか》の王《おう》さまの話《はなし》などが。

「世《よ》の中《なか》に起《おこ》ったことも、これから起《おこ》ることも、みんな、この本《ほん》のなかに書《か》かれているんだよ」と、名《な》づけ親《おや》は言《い》いました。「たった一冊《いっさつ》の本《ほん》のなかに、かぎりないほどたくさんのことが、書《か》かれているんだよ。まあ、考《かんが》えてもごらん。人間《にんげん》がお願《ねが》いしなければならない、あらゆることが、この『主《しゅ》の祈《いの》り』のなかに、わずかの言葉《ことば》で、言《い》いあらわされているんだよ！

これは、めぐみの露《つゆ》だよ。神《かみ》さまがくださる、なぐさめのしんじゅなのだよ。それは、贈《おく》り物《もの》として、子供《こども》のゆりかごの上《うえ》におかれ、子供《こども》の胸《むね》の上《うえ》におかれる。

・・・・・・

小《ちい》さい子供《こども》たちよ、それをだいじにしなさい。大《おお》きくなっても、それをなくすのではないよ。そうすれば、道《みち》にまようようなことは、けっしてないからね。それは、おまえの心《こころ》の中《なか》を明《あか》るく照《て》らし、それによって、おまえはまようことはないのだよ」

そう言《い》う名《な》づけ親《おや》の目《め》は、よろこびに明《あか》るくかがやきました。この目《め》も、むかし、若《わか》いころには、泣《な》いたこともあるのです。

「だが、あれもまた、あれでよかったのだ」と、名《な》づけ親《おや》は言《い》いました。「あれは、神《かみ》さまがためされる時《とき》だった。あのころは、なにもかもが、灰色《はいいろ》に見《み》えたものだった。ところが、いまは、わしのまわりにも、わしの心《こころ》のなかにも、お日《ひ》さまが光《ひか》りかがやいている。人間《にんげん》というものは、年《とし》をとればとるほど、不幸《ふこう》にせよ、幸福《こうふく》にせよ、神《かみ》さまがいつもついていてくださること、そして、この人生《じんせい》こそ、いちばん美《うつく》しい物語《ものがたり》だということが、よくわかってくるのだ。これは、神《かみ》さまだけが、われわれにおあたえくださることができるのだ。そして、これは、永《えい》遠《えん》につづくのだよ！」

「一日《いちにち》一日《いちにち》、生《い》きていくことが、とっても楽《たの》しいわ！」

と、マリーちゃんは言《い》いました。

小《ちい》さい子《こ》も、大《おお》きい子《こ》も、同《おな》じことを言《い》いましたし、おとうさんとおかあさんも、言《い》いました。家《いえ》じゅうの人《ひと》たちが、そう言《い》いました。けれども、だれよりもさきに、名《な》づけ親《おや》がそう言《い》いました。名《な》づけ親《おや》は、世《よ》の中《なか》のことをたくさん知《し》っていて、みんなの中《なか》で、いちばん年《とし》をとっていました。どんなお話《はなし》でも、どんな物語《ものがたり》でも知《し》っていますよ。その名《な》づけ親《おや》が、心《こころ》の底《そこ》から、こう言《い》ったのです。

「人生《じんせい》こそ、いちばん美《うつく》しい物語《ものがたり》だよ！」

【凡例】

・本編「家じゅうの人たちの言ったこと」は、青空文庫作成の文字データを使用した。

底本：「マッチ売りの少女　（アンデルセン童話集Ⅲ）」新潮文庫、新潮社
　　１９６７（昭和42）年12月10日発行
　　１９８１（昭和56）年５月30日21刷

入力：チエコ

校正：木下聡

２０２０年６月27日作成

・文字遣いは、青空文庫のデータによる。

・この作品には、今日からみれば不適切と思われる表現が含まれているが、作品の描かれた時代と、作品本来の価値に鑑み、底本のままとした。

・ルビは、青空文庫のものに加えて、新字新仮名のルビを付し、総ルビとした。

・追加したルビには文字遣いの他、読み方など格段の基準は設けていない。

いたずらっ子《こ》

むかしむかし、ひとりのおじいさんの詩人《しじん》がいました。とてもやさしいおじいさんの詩人《しじん》でした。

ある晩《ばん》、おじいさんが、家《いえ》の中《なか》にすわっていたときのことでした。表《おもて》は、すさまじいあらし・・・になりました。雨《あめ》が、たきのように降《ふ》ってきましたが、おじいさんの詩人《しじん》は、部屋《へや》の中《なか》のだんろのそばで、気持《きもち》よく暖《あたた》まっていました。だんろでは、火《ひ》が赤々《あかあか》と、燃《も》えていました。リンゴが、ジュージュー、おいしそうに焼《や》けていました。

「こんなあらしのとき、外《そと》にいるものはかわいそうだなあ。着物《きもの》も、びしょぬれになってしまうだろうに」と、おじいさんの詩人《しじん》は言《い》いました。こんなに、心《こころ》のやさしい人《ひと》だったのです。

すると、そのときです。戸《と》の外《そと》から、

「あけてください。ぼく、びしょぬれで、寒《さむ》くてたまんないの！」とさけぶ、小《ちい》さな子供《こども》の声《こえ》が聞《きこ》えました。子供《こども》は、泣《な》きながら、戸《と》をドンドンたたいています。そのあいだも、雨《あめ》はザーザー降《ふ》り、窓《まど》という窓《まど》は、風《かぜ》のためにガタガタ鳴《な》っています。

「おお、かわいそうに！」と、おじいさんの詩人《しじん》は言《い》って、戸《と》をあけに行《い》きました。

表《おもて》には、小《ちい》さな男《おとこ》の子《こ》が立《た》っています。見《み》れば、まっぱだかで、雨水《あまみず》が長《なが》い金髪《きんぱつ》から、ぽたぽたと、したたり落《お》ちているではありませんか。おまけに、寒《さむ》くて、ぶるぶるふるえているのです。もしも家《いえ》の中《なか》へ入《い》れてやらなければ、こんなひどいあらし・・・の中《なか》では、死《し》んでしまうにちがいありません。

「おお、かわいそうに!」と、おじいさんの詩人《しじん》は言《い》って、男《おとこ》の子《こ》の手《て》をとりました。「さあ、さあ、中《なか》へおいで。暖《あたた》かくしてあげるよ。ブドウ酒《しゅ》と焼《や》きリンゴもあげようね。おまえは、かわいい子《こ》だからねえ」

男《おとこ》の子《こ》は、ほんとうに、かわいい子《こ》でした。目《め》は、明《あか》るい、二《ふた》つのお星《ほし》さまのように、キラキラしていました。金色《きんいろ》の髪《かみ》の毛《け》からは、まだ雨水《あまみず》がたれてはいましたが、でも、それはそれはきれいにうねっていました。まるで、小《ちい》さな天使《てんし》のようでした。ただ、寒《さむ》さのために、まっさおな顔《かお》をして、からだじゅう、ぶるぶるふるえていました。手《て》には、りっぱな弓《ゆみ》を持《も》っていましたが、それも、雨《あめ》のために、びしょびしょになって、だめになっていました。矢《や》にぬってあるきれいな色《いろ》も、すっかりにじんでしまっていました。

おじいさんの詩人《しじん》は、だんろの前《まえ》に腰《こし》をおろして、ひざの上《うえ》に男《おとこ》の子《こ》をだきあげました。そして、髪《かみ》の毛《け》の水《みず》をしぼってやったり、ひえきった男《おとこ》の子《こ》の手《て》を、自分《じぶん》の手《て》の中《なか》で、暖《あたた》めてやったりしました。それから、あまいブドウ酒《しゅ》も作《つく》ってやりました。やがて、男《おとこ》の子《こ》は元気《げんき》をとりもどしました。頬《ほお》に、赤《あか》みがさしてきました。すると、さっそく、床《ゆか》にとびおりて、おじいさんの詩人《しじん》のまわりを、ぐるぐる踊《おど》りはじめました。

「元気《げんき》な子《こ》だねえ」と、おじいさんは言《い》いました。「おまえは、なんという名前《なまえ》だい？」

「ぼく、キューピッドっていうの」と、男《おとこ》の子《こ》は答《こた》えました。「おじいさん、ぼくを知《し》らない？　ほら、そこにあるのが、ぼくの弓《ゆみ》。その弓《ゆみ》で、ぼく、矢《や》を射《い》るんだよ。あっ、天気《てんき》がよくなったよ。お月《つき》さまも出《で》た」

「だが、おまえの弓《ゆみ》は、ぬれて、だめになっているじゃないか」と、おじいさんの詩人《しじん》は言《い》いました。

「弱《よわ》っちゃったなあ！」と、男《おとこ》の子《こ》は言《い》うと、弓《ゆみ》をとりあげて、しらべました。「だいじょうぶ、もう、すっかりかわいてる。どこも、わるくなってないよ。つるだって、ぴいんとしてるよ。ぼく、ためしてみる」

男《おとこ》の子《こ》は、弓《ゆみ》を引《ひ》きしぼって、矢《や》をつがえました。そして、やさしいおじいさんの詩人《しじん》の心臓《しんぞう》をねらって、ピューッと、射《い》ました。

「ほうら。ね、おじいさん。ぼくの弓《ゆみ》は、だめになっていないよ、ね」

こう言《い》ったかと思《おも》うと、男《おとこ》の子《こ》は、大声《おおごえ》に笑《わら》って、どこかへとび出《だ》していきました。なんてひどい、いたずらっ子《こ》でしょう！　こんなやさしいおじいさんの詩人《しじん》を、弓《ゆみ》で射《い》るなんて。暖《あたた》かい部屋《へや》に入《い》れてくれたり、上等《じょうとう》のブドウ酒《しゅ》や、すてきな焼《や》きリンゴまで、ごちそうしてくれたおじいさんを、射《い》るなんて！

やさしい詩人《しじん》は、床《ゆか》の上《うえ》にたおれて、涙《なみだ》を流《なが》しました。ほんとうに、心臓《しんぞう》を射《い》ぬかれてしまったのです。おじいさんは、言《い》いました。

「チッ！　あのキューピッドというのは、なんというたずらっ子《こ》だ！　どれ、よい子供《こども》たちに話《はな》しておいてやろう。ひどいめに会《あ》わされんように、あいつには気《き》をつけて、いっしょにあそばんように、となよい子供《こども》たちは、この話《はなし》を聞《き》くと、女《おんな》の子《こ》も男《おとこ》の子《こ》も、みんな、いたずらもののキューピッドに気《き》をつけました。それでも、キューピッドは、たいへんずるくて、りこうでしたから、やっぱり、みんなをだましていました。

学生《がくせい》さんたちが、学校《がっこう》の講義《こうぎ》がおわって、出《で》てきますと、キューピッドが、いつのまにか、本《ほん》を腕《うで》にかかえて、いっしょにならんで歩《ある》いているのです。おまけに、黒《くろ》い制服《せいふく》を着《き》こんでいますので、だれにも見《み》わけがつきません。ですから、自分《じぶん》たちの仲間《なかま》だと思《おも》いこんで、腕《うで》をくんで歩《ある》きます。ところが、そうすると、胸《むね》を矢《や》で射《い》られてしまうのです。それから、娘《むすめ》さんたちが、教会《きょうかい》のお説教《せっきょう》からもどってくるときも、教会《きょうかい》の中《なか》にいるときも、キューピッドは、いつも、そのうしろにつきまとっているのです。いや、それどころか、いつどんなときにも、人々《ひとびと》のあとを追《お》っているのです。

劇場《げきじょう》の大《おお》きなシャンデリアの中《なか》にすわりこんで、明《あか》るく燃《も》えあがっていることもあります。そういうときには、人々《ひとびと》は、あたりまえのランプだと思《おも》っています。ところが、あとになって、そうではなかったことに気《き》がつくのです。そうかと思《おも》うと、お城《しろ》の遊園地《ゆうえんち》の、散歩道《さんぽみち》を歩《ある》きまわっていることもあるのです。いやいや、それどころか、あなたのおとうさんやおかあさんも、胸《むね》のまん中《なか》を、射《い》られたことだってあるんですよ。おとうさんやおかあさんに、きいてごらんなさい。きっと、おもしろい話《はなし》を聞《き》かせてもらえますよ。

まったく、このキューピッドというのは、いたずらっ子《こ》です。こんな子《こ》にかまってはいけませんよ。この子《こ》ときたら、だれのあとをも追《お》っているんですからね。なにしろ、年《とし》とったおばあさんでさえ、矢《や》を射《い》られたことがあるんですよ。もっとも、それは、ずっとむかしの話《はなし》で、もう、すんでしまったことですがね。でもおばあさんは、そのことを、けっして忘《わす》れはしませんよ。

いやはや、しょうのないキューピッドです！　でも、あなたには、この子《こ》がわかりましたね。では、キューピッドが、すごいいたずらっ子《こ》だということを、忘《わす》れないでくださいよ。

いたずらっ子

【凡例】

・本編「いたずらっ子」は、青空文庫作成の文字データを使用した。
底本：「マッチ売りの少女（アンデルセン童話集Ⅲ）」新潮文庫、新潮社
　１９６７（昭和42）年12月10日発行
　１９８１（昭和56）年５月30日21刷
入力：チエコ
校正：木下聡
２０２０年６月27日作成

・文字遣いは、青空文庫のデータによる。
・この作品には、今日からみれば不適切と思われる表現が含まれているが、作品の描かれた時代と、作品本来の価値に鑑み、底本のままとした。
・ルビは、青空文庫のものに加えて、新字新仮名のルビを付し、総ルビとした。
・追加したルビには文字遣いの他、読み方など格段の基準は設けていない。

アンネ・リスベット

アンネ・リスベットは、まるで、ミルクと血《ち》のようです。若《わか》くて、元気《げんき》で、美《うつく》しい娘《むすめ》です。歯《は》はまっ白《しろ》に、ピカピカ光《ひか》り、目《め》はすみきっています。足《あし》は、ダンスをしているように、軽々《かるがる》としています。気持《きもち》は、それよりももっと軽《かる》くて、陽気《ようき》です。

で、このアンネ・リスベットは、どうなったでしょうか。赤《あか》ん坊《ぼう》の、おかあさんになりました。「みにくい赤《あか》ん坊《ぼう》」のおかあさんに。―そうです。赤《あか》ん坊《ぼう》は、きれいな子《こ》ではありませんでした。その子《こ》は、生《うま》れるとすぐ、みぞほり人夫《にんぷ》の、おかみさんのところに、あずけられてしまいました。

おかあさんのアンネ・リスベットは、伯爵《はくしゃく》さまのお屋敷《やしき》に、働《はたら》きに行《ゆ》きました。アンネ・リスベットは、絹《きぬ》とビロードの着物《きもの》を着《き》て、りっぱな部屋《へや》の中《なか》に、すわっていました。アンネ・リスベットのところには、すきま風《かぜ》一《ひと》つ、吹《ふ》きこんではきませんでした。だれも、アンネ・リスベットに、らんぼうな言葉《ことば》をかけてはなりませんでした。そんなことをすれば、アンネ・リスベットのからだに、さわるかもしれませんから。なにしろ、アンネ・

リスベットは、伯爵《はくしゃく》さまの、赤《あか》ちゃんの、うばなのですから。

赤《あか》ちゃんは、王子《おうじ》のようにじょうひんで、天使《てんし》のようにきれいでした。アンネ・リスベットは、この赤《あか》ちゃんを、心《こころ》から、かわいがりました。ところが、自分《じぶん》の赤《あか》ん坊《ぼう》は、みぞほり人夫《にんぷ》の家《いえ》にいました。この家《いえ》では、おなべがにたって、ふきこぼれるようなことは、ありませんでした。けれども、赤《あか》ん坊《ぼう》の口《くち》だけは、しょっちゅうあわをふきこぼしていました。

この家《いえ》には、たいていのとき、だれもいませんでした。赤《あか》ん坊《ぼう》が泣《な》きわめいても、それを聞《き》きつけて、あやしてやろうとする者《もの》がいないのです。赤《あか》ん坊《ぼう》のほうは、泣《な》いているうちに、いつのまにか、寝《ね》いってしまいます。眠《ねむ》ってさえいれば、そのあいだは、おなかがへっていることも、のどがかわいていることも、感《かん》じないものです。ほんとうに、眠《ねむ》りというものは、すばらしい発明《はつめい》ですよ。

それから、何年《なんねん》もたちました。時《とき》がたてば、草《くさ》ものびる、と、よく言《い》われますが、アンネ・リスベットの子供《こども》も、そのとおり、すくすくと大《おお》きくなりました。もっとも、あの子《こ》は、どうも、発育《はついく》がよくない、と、人々《ひとびと》は言《い》いましたが。

さて、その子《こ》は、おかあさんがお金《かね》をやってあずけた、みぞほり人夫《にんぷ》の家《いえ》の人間《にんげん》に、すっかりなりきっていました。おかあさんのほうは、子供《こども》とは、まったく、えん・・がなくなってしまいました。町《まち》の奥《おく》さんになって、気持《きもち》のよい、楽《たの》しい暮《くら》しをしていたのです。よそへ出《で》かけるときには、ちゃんと、帽子《ぼうし》をかぶって行《い》ったものです。しかし、みぞほり人夫《にんぷ》の家《いえ》には、一度《いちど》も行《い》ったことがありませんでした。なぜって、その家《いえ》は、町《まち》からたいへん離《はな》れていたからです。それに、用事《ようじ》もありませんからね。

男《おとこ》の子《こ》は、みぞほり人夫《にんぷ》の家《いえ》の、家族《かぞく》のひとりになっていました。うちの人《ひと》たちは、

「この子《こ》は、がつがつ食《く》うなあ」と、言《い》っていました。

そこで、食《た》べるものぐらい、自分《じぶん》で働《はたら》いて、かせがなければなりません。こうして、男《おとこ》の子《こ》は、マッス・イェンセンさんの、赤《あか》いウシのせわをすることになりました。じっさい、もうこんなふうに、家畜《かちく》のせわをして、手伝《てつだ》いをすることができるほどになっていたのです。

伯爵《はくしゃく》のお屋敷《やしき》の布《ぬの》さらし場《ば》では、くさりにつながれたイヌが、イヌ小屋《ごや》の上《うえ》に、えらそうにすわりこんで、お日《ひ》さまの光《ひかり》をあびています。だれかが、そばを通《とお》りかかると、きまって、ワンワンほえたてます。雨《あめ》の日《ひ》には、このイヌは、自分《じぶん》の小屋《こや》の中《なか》にもぐりこんで、一《ひと》しずくの雨《あめ》にもぬれずに、暖《あたた》かにしています。

いっぽう、アンネ・リスベットの子供《こども》も、お日《ひ》さまの光《ひかり》をあびながら、みぞのふちにすわって、くいをけずっていまます。春《はる》のころ、花《はな》の咲《さ》いている野《の》イチゴのかぶを、三《みっ》つばかり見《み》つけました。そのときは、きっと今《いま》に実《み》がなるぞ、と思《おも》って、楽《たの》しみにしたものです。ところが、実《じつ》は一《ひと》つもなりませんでした。霧雨《きりさめ》がふってきました。雨《あめ》の中《なか》にすわっていると、びしょぬれになってしまいました。けれども、まもなく、強《つよ》い風《かぜ》が吹《ふ》いてきました。ぬれて、からだにくっついている着物《きもの》を、かわかしてくれました。

男《おとこ》の子《こ》は、お屋敷《やしき》へ行《い》くと、みんなに、つつかれたり、ぶたれたりしました。

「なんてきたない子《こ》だ。いやらしい子《こ》だ」と、下女《げじょ》も、下男《げなん》も、言《い》うのです。

でも、この子《こ》は、そういうことには、なれっこになっていました。かわいそうに、だれにも、かわいがられたことはないのです。

さて、それから、アンネ・リスベットの男《おとこ》の子《こ》は、どうなったでしょうか。ほかに、どうなるはずもありません。「だれにも、かわいがられたことはない」これが、この子《こ》の運命《うんめい》だったのです。

この子《こ》は、陸《りく》から船《ふね》に乗《の》りうつって、海《うみ》に出《で》ました。といっても、ちっぽけな船《ふね》です。男《おとこ》の子《こ》は、船頭《せんどう》がお酒《さけ》を飲《の》んでいるあいだ、かじのところにすわっていました。いつも、きたならしい、よごれたかっこうをしていました。それに、寒《さむ》そうに、ぶるぶるふるえていて、がつがつしていました。そのようすを見《み》れば、だれでも、この子《こ》は、腹《はら》いっぱい、食《た》べたことがないんだろう、と、思《おも》いそうです。いや、ほんとうに、そのとおりだったのです。

秋《あき》のおわりのことでした。風《かぜ》が吹《ふ》きだして、雨《あめ》もまじりはじめました。荒《あ》れもようの天気《てんき》になってきました。つめたい風《かぜ》が、あつい着物《きもの》をとおして、はだまでしみ入《い》りました。ことに、海《うみ》の上《うえ》ではそうです。いま、その海《うみ》の上《うえ》を、小《ちい》さな帆《ほ》かけ船《ぶね》が一《いっ》そう、走《はし》っていました。船《ふね》には、ふたりの人間《にんげん》しか、乗《の》っていません。いや、もっと正《ただ》しく言《い》えば、ひとりと、はんぶんです。というのは、乗《の》っていたのは、船頭《せんどう》と、小僧《こぞう》でしたから。

この日《ひ》は一日《いちにち》じゅう、うす暗《ぐら》い天気《てんき》でした。それが今《いま》は、ますます暗《くら》くなって、寒《さむ》さも身《み》を切《き》るようでした。

船頭《せんどう》は、からだの底《そこ》から、暖《あたた》まろうと思《おも》って、ブランデーを飲《の》みました。ブランデーのびんは、古《ふる》いものでした。コップも、古《ふる》いものでした。コップは、上《うえ》のほうはなんでもありませんでしたが、足《あし》が折《お》れていました。それで、木《き》をけずって、青《あお》くぬったのを、足《あし》のかわりにしていました。一《いっ》ぱいのブランデーでも、よくきくんだから、二《に》はい飲《の》めば、もっと、よくきくだろう、と、船頭《せんどう》は思《おも》いました。

小僧《こぞう》は、かじのところにすわっていました。タールでよごれた、かじかんだ手《て》で、かじにしがみついていました。それにしても、みにくい小僧《こぞう》です。かみの毛《け》はぼうぼう、からだは、ずんぐりむっくりです。この小僧《こぞう》は、いうまでもなく、みぞほり人夫《にんぷ》の子供《こども》でした。教会《きょうかい》の名簿《めいぼ》では、アンネ・リスベットの子供《こども》となっていましたが。

風《かぜ》は、ヒューヒュー吹《ふ》きまくり、小船《こぶね》は、波《なみ》にもまれました。帆《ほ》は、風《かぜ》を受《う》けてふくれました。船《ふね》は、飛《と》ぶように走《はし》っていきました。―まわりは、はげしい雨《あめ》と風《かぜ》です。けれども、それだけではすみませんでした。―ストップ。―なんでしょう？　なにが、ぶつかったんでしょう？なにが、くだけちったんでしょう？　なにが、船《ふね》の中《なか》に、なだれこんできたんでしょう？

船《ふね》は、くるくると、まわっています。大雨《おおあめ》が、ザアッと降《ふ》ってきたんでしょうか？　それとも、大波《おおなみ》が、もりあがってきたんでしょうか？

少年《しょうねん》は、かじのところで、大声《おおごえ》にさけびました。

「イエスさま！」

船《ふね》は、海《うみ》の底《そこ》にある大《おお》きな岩《いわ》に、ぶつかったのです。そして、村《むら》の沼《ぬま》にしずんでいる、古靴《ふるぐつ》みたいに、海《うみ》の底《そこ》にしずんでしまいました。世間《せけん》でよく言《い》うように、人間《にんげん》はもちろん、ネズミ一《いっ》ぴき、生《い》きのこりませんでした。船《ふね》には、たくさんのネズミのほかに、人間《にんげん》もひとり半《はん》、つまり、船頭《せんどう》と、みぞほり人夫《にんぷ》の子供《こども》がいたのですが。

船《ふね》のしずんでいくありさまを見《み》ていたのは、ただ、鳴《な》きさけぶカモメと、水《みず》の中《なか》の、さかなたちだけでした。けれども、そのカモメやさかなたちも、ほんとうは、よくは見《み》ていなかったのです。なぜって、みんなは、水《みず》がどっと、船《ふね》の中《なか》に流《なが》れこんで、船《ふね》がしずんだとき、びっくりして、わきへ逃《に》げてしまったのですから。

船《ふね》は、水面《すいめん》からたった二《に》メートルぐらいのところに、しずみました。ふたりは、海《うみ》の底《そこ》にほうむられました。ほうむられて、忘《わす》れられました。ただ、コップだけは、しずみませんでした。青《あお》くぬった、木《き》の足《あし》のおかげで、ぷかり、ぷかりと、波《なみ》のまにまに、浮《うか》んでいたのです。やがて、波《なみ》にはこばれて、海岸《かいがん》に打《う》ちあげられると、くだけてしまいました。

いったい、どこにでしょう？　そして、いつのことでしょう？

いや、いや、その話《はなし》は、もう、やめにしましょう。そのコップは、コップとしての、役目《やくめ》もりっぱにはたし、人《ひと》にかわいがられてもきたのですから。

しかし、アンネ・リスベットの子供《こども》は、そういうわけにはいきませんでした。けれども、天国《てんごく》では、どんな魂《たましい》も、「だれにも、かわいがられることはない」などとは、言《い》われないでしょう。

アンネ・リスベットは、それからも、町《まち》に住《す》んでいました。もう、なん年《ねん》も住《す》んでいます。人《ひと》からは、奥《おく》さんと、呼《よ》ばれていました。奥《おく》さんは、むかし、伯爵《はくしゃく》の家《いえ》で、働《はたら》いていたころのことを思《おも》い出《だ》しては、よく、人《ひと》に話《はな》しました。そういうときには、とくべつに、ぐっと、胸《むね》をはったものでした。よそへ馬車《ばしゃ》で出《で》かけたり、伯爵《はくしゃく》の奥《おく》さまや、男爵《だんしゃく》の奥《おく》さまがたと、話《はなし》をしたことを、うれしそうに話《はな》しました。

あの、かわいらしい、伯爵《はくしゃく》のぼっちゃまは、それはそれは愛《あい》らしくて、神《かみ》さまの天使《てんし》のようでした。この上《うえ》もなく心《こころ》のやさしい子供《こども》でした。ぼっちゃまは、アンネ・リスベットに、とてもなついていました。アンネ・リスベットも、ぼっちゃまが大好《だいす》きでした。ふたりは、キスをしたり、ふざけあったりしました。ぼっちゃまは、アンネ・リスベットにとっては、大《おお》きなよろこびでした。

自分《じぶん》の命《いのち》のつぎに、だいじなものでした。

そのぼっちゃまも、今《いま》は大《おお》きくなって、十四歳《じゅうよんさい》になっています。勉強《べんきょう》もよくできる、美《うつく》しい少年《しょうねん》です。

アンネ・リスベットは、赤《あか》ちゃんのときに、だいてあげてから、ぼっちゃまには、一度《いちど》も、会《あ》ったことがありませんでした。それもそのはず、伯爵《はくしゃく》のお屋敷《やしき》へは、もう何年《なんねん》も、行《い》ったことがなかったのです。お屋敷《やしき》へ行《い》くのには、かなりの旅行《りょこう》をしなければならなかったのです。

「一度《いちど》、思《おも》いきって行《い》ってこよう」と、アンネ・リスベットは、言《い》いました。「すてきな、わたしのかわいい、ぼっちゃまのところへ、すぐ行《い》ってこよう。きっと、ぼっちゃまも、わたしのことをこいしがって、心《こころ》にかけていてくださるにちがいないわ。むかしは、天使《てんし》のような、小《ちい》さな腕《うで》を、わたしの首《くび》にまきつけて、『アン・リス』とおっしゃったものだわ。そうそう、あのころは、バイオリンのような、声《こえ》をしていらっしゃったわ。そうだわ、思《おも》いきって、お目《め》にかかりに行《い》ってこよう」

アンネ・リスベットは、しばらく、ウシ車《ぐるま》に乗《の》せていってもらいました。それからは、自分《じぶん》の足《あし》で歩《ある》いて、伯爵《はくしゃく》のお屋敷《やしき》にきました。大《おお》きなお屋敷《やしき》は、むかしのままで、光《ひか》りかがやいています。おもてのお庭《にわ》も、むかしのとおりです。

けれども、家《いえ》の中《なか》にいる人《ひと》たちは、アンネ・リスベットの見《み》たこともない人《ひと》ばかりです。むこうでも、だれひとり、アンネ・リスベットを知《し》っている者《もの》はありません。もちろん、アンネ・リスベットが、むかし、うばとして、このお屋敷《やしき》でたいせつな人《ひと》だった、ということなどは、夢《ゆめ》にも知《し》りません。

「いいわ。もうすぐ奥《おく》さまが、わたしのことを、みんなに話《はな》してくださるわ。ぼっちゃまだって、きっと。ああ、早《はや》く、ぼっちゃまにお目《め》にかかりたい」と、アンネ・リスベットは思《おも》いました。

とうとう、アンネ・リスベットは、このお屋敷《やしき》にきたのです。でも、長《なが》いこと、待《ま》たなければなりませんでした。その、待《ま》っているあいだが、どんなに長《なが》く感《かん》じられたことでしょう。

うちのかたたちが、食卓《しょくたく》につく前《まえ》に、アンネ・リスベットは、奥《おく》さまのところに呼《よ》ばれました。奥《おく》さまは、やさしい言葉《ことば》をかけてくださいました。かわいいぼっちゃまには、食事《しょくじ》のあとで、お目《め》にかかることになりました。しばらくしてから、また、呼《よ》ばれました。

ああ、ぼっちゃまは、すっかり大《おお》きくなって、ひょろ長《なが》くなっています。でも、美《うつく》しい目《め》と、天使《てんし》のような口《くち》もとだけは、むかしのままです。ぼっちゃまは、アンネ・

リスベットを見《み》ました。けれども、ひとことも、言《い》いませんでした。はっきりとは、おぼえがなかったのです。ぼっちゃまは、すぐに、くるりとふりむいて、むこうへ行《い》こうとしました。アンネ・リスベットは、その手《て》をとって、口《くち》にあてました。

「ああ、もう、いいよ」と、ぼっちゃまは言《い》って、部《へ》屋《や》から出《で》ていってしまいました。

このぼっちゃまこそ、アンネ・リスベットが、どんなものよりも、強《つよ》く愛《あい》してきた人《ひと》です。今《いま》でもやっぱり、愛《あい》している人《ひと》です。この世《よ》での、いちばんのほこりなのです。ところが、そのぼっちゃまは、さっさと行《い》ってしまったのです。

アンネ・リスベットは、お屋敷《やしき》を出《で》て、広《ひろ》い大通《おおどお》りを歩《ある》いていきました。心《こころ》の中《なか》は、悲《かな》しくてたまりません。

「ぼっちゃまは、あんなによそよそしくなってしまった。わたしのことなどは、なんにも考《かんが》えていらっしゃらないし、ひとことも、話《はな》しかけてはくださらなかった。ああ、わたしは、あのぼっちゃまを、小《ちい》さいころ、昼《ひる》も夜《よる》も、だいてあげたのに。それに、今《いま》だって、心《こころ》の中《なか》では、ずうっと、だいてあげているのに」

そのとき、大《おお》きな、黒《くろ》いカラスが、目《め》の前《まえ》の道《みち》の上《うえ》に、おりてきました。カラスは、カー、カー、鳴《な》きたてました。

「まあ、いやだこと。おまえは、ほんとに、えんぎのわるい鳥《とり》だねえ」と、アンネ・リスベットは言《い》いました。

それから、みぞほり人夫《にんぷ》の家《いえ》によりました。入《い》り口《ぐち》に、おかみさんが立《た》っていました。そこで、ふたりは話《はなし》をはじめました。

「おまえさん。なかなか、たいしたもんらしいじゃないか」と、みぞほり人夫《にんぷ》のおかみさんが、話《はな》しかけました。

「まんまるく、ふとってさ。さぞかし、ぐあいがいいんだね」

「ええ、まあねえ」と、アンネ・リスベットは、言《い》いました。

「あのとき、ふたりの乗《の》ってた船《ふね》が、しずんじゃってね」と、おかみさんは言《い》いました。

「船頭《せんどう》のラルスも、あの子《こ》も、おぼれちゃったんだよ。ふたりとも、もう、おしまいさ。わたしは、今《いま》に、あの子《こ》が、いくらかは、暮《くら》しをたすけてくれると思《おも》ってたんだがねえ。あんたも、もう、あの子《こ》のために、お金《かね》をつかう必《ひつ》要《よう》はなくなったよ、アンネ・リスベットさん」

「ふたりとも、おぼれてしまったんですか！」と、アンネ・リスベットは言《い》いました。でもそれきり、そのことについては、なんにも言《い》いませんでした。

いま、アンネ・リスベットの心《こころ》は、悲《かな》しみで、いっぱいだったのです。アンネ・リスベットは、伯爵《はくしゃく》のぼっちゃまを、心《こころ》から愛《あい》していました。そのぼっちゃまに、会《あ》いたいばかりに、遠《とお》い道《みち》を歩《ある》いていったのです。それなのに、ぼっちゃまは、ひとことも、アンネ・リスベットに、話《はな》しかけてくれなかったではありませんか。それに、今《こん》度《ど》の旅行《りょこう》では、お金《かね》もずいぶんかかりました。しかも、それにくらべて、大《おお》きなよろこびは、えられなかったのです。けれども、そのことは、今《いま》は、なんにも言《い》いませんでした。こんなことを、みぞほり人夫《にんぷ》のおかみさんに話《はな》して、それで、気持《きもち》を軽《かる》くしたいとは、思《おも》わなかったのです。それどころか、こんな話《はなし》をすれば、おかみさんは、この人《ひと》は、もう、伯爵《はくしゃく》さまのお屋敷《やしき》では、だいじにされてはいないんだ、と思《おも》うにきまっています。

そのとき、カラスがまたもや、カーカー鳴《な》きながら、頭《あたま》の上《うえ》を飛《と》んでいきました。

「あの、えんぎのわるい鳴《な》き声《ごえ》のおかげで」と、アンネ・リスベットは言《い》いました。「きょうは、わたし、ほんとに、びっくりさせられたわ」

アンネ・リスベットは、おかみさんへのおみやげに、コーヒーまめとキクヂシャを持《も》ってきました。おかみさんは、コーヒーが飲《の》めるので、大《おお》よろこびです。さっそく、いれることにしました。アンネ・リスベットも、一《いっ》ぱい、たのみました。そこで、おかみさんは、コーヒーをいれに、むこうへ行《ゆ》きました。アンネ・リスベットは、椅子《いす》に腰《こし》をおろしましたが、そのうちに、うとうと眠《ねむ》ってしまいました。

眠《ねむ》っているあいだに、アンネ・リスベットは、ふしぎな夢《ゆめ》を見《み》ました。いままで、一度《いちど》も夢《ゆめ》になど見《み》たことのない人《ひと》が、その夢《ゆめ》の中《なか》にあらわれたのです。それは、アンネ・リスベットの子供《こども》でした。この家《いえ》で、おなかをすかして、泣《な》きわめいていた、あの男《おとこ》の子《こ》です。だれにも、かまってもらえなかった、あの子《こ》です。そして今《いま》は、神《かみ》さまだけがごぞんじの、深《ふか》い海《うみ》の底《そこ》に、横《よこ》たわっている、あの子《こ》の夢《ゆめ》を見《み》たのです。夢《ゆめ》の中《なか》でも、アンネ・リスベットは、いま、腰《こし》かけている部屋《へや》の中《なか》に、やっぱり、腰《こし》かけていました。おかみさんも、同《おな》じように、コーヒーをいれに行《い》っています。コーヒー豆《まめ》をいるにおいが、ぷんぷんしてきました。

そのとき、戸口《とぐち》に、きれいな子供《こども》があらわれました。伯爵《はくしゃく》のぼっちゃまのように、美《うつく》しい子供《こども》です。その子《こ》はこう言《い》いました。

「いま、世界《せかい》はほろびます。さあ、ぼくに、しっかり、つかまってください。なんといっても、あなたは、ぼくのおかあさんですからね。あなたは、天国《てんごく》に、ひとりの天使《てんし》を持《も》っているんですよ。さあ、ぼくに、しっかりつかまってください」

こう言《い》うと、天使《てんし》は、アンネ・リスベットのほうへ、手《て》をさしのべました。と、そのとたんに、すさまじいひびきがとどろきました。まぎれもなく、世界《せかい》がはれつした音《おと》です。天使《てんし》は、空《そら》へ浮《うか》びあがりました。しかし、その手《て》は、アンネ・リスベットのはだ着《ぎ》のそでを、しっかりと、つかんでいます。アンネ・リスベットは、なんだか、足《あし》が地面《じめん》から離《はな》れたような気《き》がしました。ところが、そのとき、なにかおもたいものが、足《あし》にぶらさがりました。いや、背中《せなか》のほうまで、よじのぼってくるものもあります。まるで、何百人《なんびゃくにん》もの女《おんな》に、しがみつかれているみたいです。その女《おんな》たちは、口々《くちぐち》に、こう言《い》っているではありませんか。

「あんたが、すくわれるんなら、わたしたちだって、すくわれてもいい。つかまろう、つかまろう」

こうして、みんなが、われもわれもと、すがりつくのです。でも、あんまり大《おお》ぜいすぎます。

「ビリ、ビリ」と、音《おと》がしました。そでが、ちぎれました。とたんに、アンネ・リスベットは、ものすごいいきおいで、落《お》ちていきました。そのとき、はっと目《め》がさめました。もうすこしで、腰《こし》かけていた、椅子《いす》といっしょに、ひっくりかえるところでした。頭《あたま》の中《なか》が、すっかり、ごちゃごちゃになっていました。それで、どんな夢《ゆめ》を見《み》たのか、ちょっと思《おも》い出《だ》すこともできませんでした。けれども、いやな夢《ゆめ》だったことだけは、たしかです。

それから、おかみさんといっしょに、コーヒーを飲《の》みながら、いろんな話《はなし》をしました。

やがて、アンネ・リスベットは、別《わか》れをつげて、近《ちか》くの町《まち》に行《ゆ》きました。その町《まち》で、荷馬車《にばしゃ》の御者《ぎょしゃ》に会《あ》って、その人《ひと》の車《くるま》に乗《の》せてもらって、その晩《ばん》のうちに、自分《じぶん》の住《す》んでいる町《まち》へ、帰《かえ》ろうと思《おも》ったのです。ところが、御《ぎょ》者《しゃ》に会《あ》ってみると、あくる日《ひ》の夕方《ゆうがた》でなければ、出《で》かけない、ということでした。

アンネ・リスベットは、もし今夜《こんや》、この町《まち》にとまるとすれば、どのくらいのお金《かね》がかかるかを考《かんが》えてみました。それから、自分《じぶん》の町《まち》までの、道《みち》のりを考《かんが》えてみました。そして、大通《おおどお》りを行《い》かないで、海《うみ》べにそっていけば、三《さん》キロぐらいは近《ちか》そうだ、と心《こころ》に思《おも》いました。

空《そら》を見《み》れば、きれいに晴《は》れわたっていて、お月《つき》さまが、まんまるくかがやいています。そこで、アンネ・リスベットは、歩《ある》いていくことにきめました。あしたは、うちに帰《かえ》ることができるでしょう。

お日《ひ》さまが、しずみました。夕《ゆう》べをつげる鐘《かね》が、まだ鳴《な》っています。おやおや、それは、鐘《かね》ではありません。沼《ぬま》の中《なか》で、大《おお》きなカエルが鳴《な》いているのでした。

やがて、そのカエルたちも、鳴《な》くのをやめました。あたりは、しーんと、しずかになりました。鳥《とり》の鳴《な》き声《ごえ》一《ひと》つ、聞《きこ》えません。今《いま》は、すべてのものが、しずかに眠《ねむ》っているのです。フクロウだけは、まだ、巣《す》にかえっていませんでした。森《もり》は、ひっそりとしています。アンネ・リスベットの歩《ある》いている浜《はま》べも、しーんとしています。聞《きこ》えるものといえば、ただ、砂《すな》をふむ、自分《じぶん》の足音《あしおと》ばかりです。海《うみ》のおもてには、さざなみ一《ひと》つ、立《た》っていません。深《ふか》い水《みず》の中《なか》からは、音一《おとひと》つ聞《きこ》えません。海《うみ》の底《そこ》にあるものは、生《い》きているものも、死《し》んでいるものも、みんなひっそりと、だまりこくっています。

アンネ・リスベットは、どんどん歩《ある》いていきました。世間《せけん》でよく言《い》うように、なんにも考《かんが》えてはいませんでした。今《いま》のアンネ・リスベットは、考《かんが》えるということから、離《はな》れていました。けれども、考《かんが》えのほうでは、アンネ・リスベットから、離《はな》れてはいませんでした。考《かんが》えというものは、わたしたちから、離《はな》れるようにみえても、離《はな》れているのではありません。ただ、うつらうつらしているだけなのです。いきいきと働《はたら》いていた考《かんが》えが、うつらうつらしていることもあります。まだ、働《はたら》きださない考《かんが》えが、うつらうつらしていることもあるのです。しかし、考《かんが》えというものは、いつかはきっと、おもてにあらわれてきます。それは、わたしたちの心《こころ》の中《なか》で、動《うご》きだすこともありますし、頭《あたま》の中《なか》でうごめくこともあります。それから、わたしたちの上《うえ》に、降《ふ》ってわいてくることもあります。

「よい行《おこな》いは、祝福《しゅくふく》をもたらす」という言葉《ことば》があります。また、「罪《つみ》をおかせば、死《し》にいたる」という言葉《ことば》もあります。ほかにも、書《か》かれたり、言《い》われたりしている言葉《ことば》は、たくさんあります。けれども、人《ひと》はそれを知《し》らないのです。思《おも》い出《だ》せないのです。アンネ・リスベットが、やはり、そうでした。けれども、そういうものが、ふっと、おもてにあらわれて、心《こころ》に浮《うか》んでくることがあります。罪《つみ》も、徳《とく》も、すべて、わたしたちの心《こころ》の中《なか》にあります。あなたの心《こころ》の中《なか》にも、わたしの心《こころ》の中《なか》にも！　それらは、目《め》に見《み》えない小《ちい》さな穀物《こくもつ》のつぶのように、ひそんでいるのです。そこへ、外《そと》から、お日《ひ》さまの光《ひかり》が一《ひと》すじ、さしてきます。でなければ、わるい手《て》がさわりにきます。あなたは、町《まち》かどを、右《みぎ》か左《ひだり》にまわります。ええ、それだけで、きまってしまうのです。小《ちい》さなつぶは、ゆすぶられているうちに、ふくらんできて、はじけとびます。そして、そのしるを、あなたの血《ち》の中《なか》にそそぎこみます。

そうなると、あなたはもう、走《はし》りつづけなければなりません。

人《ひと》の心《こころ》を不安《ふあん》にする考《かんが》えも、夢《ゆめ》を見《み》ているときには、気《き》がつかないものです。しかし、そのあいだも、働《はたら》きつづけているのです。アンネ・リスベットも、夢《ゆめ》を見《み》ながら、歩《ある》いていました。心《こころ》の中《なか》では、いろいろな考《かんが》えが動《うご》いていました。

二月二日《にがつふつか》の、聖母《せいぼ》おきよめの祝日《しゅくじつ》から、つぎの祝日《しゅくじつ》のあいだまでに、心《こころ》には、たくさんの借《か》りができます。一《いち》年《ねん》のあいだの、決算《けっさん》ですが、忘《わす》れられてしまうものも、たくさんあります。たとえば、わたしたちは、神《かみ》さまをはじめ、となりの人《ひと》や、わたしたち自身《じしん》の良心《りょうしん》にたいしても、罪《つみ》をおかしています。口《くち》に出《だ》しておかしているときもあれば、心《こころ》の中《なか》でおかしていることもあるのですが、そういうものは、たいてい、忘《わす》れられてしまいます。

わたしたちは、ふつう、そんなことは考《かんが》えません。アンネ・リスベットも、同《おな》じでした。そのはずです。アンネ・リスベットは、国《くに》の法律《ほうりつ》や、規則《きそく》に合《あ》わないようなことは、なに一《ひと》つ、していないのですから。それどころか、アンネ・リスベットは、みんなから、正直《しょうじき》で感心《かんしん》な、りっぱな女《おんな》だと思《おも》われているのです。そのことは、アンネ・リスベット自身《じしん》も、ちゃんと知《し》っていました。

さて、アンネ・リスベットは、海《うみ》べにそって歩《ある》いていきました。―おや、むこうに、なにかがありますよ。アンネ・リスベットは、あゆみをとめました。波《なみ》に打《う》ちあげられているのは、なんでしょう？　古《ふる》い、男《おとこ》の帽子《ぼうし》です。どこか、海《うみ》の上《うえ》で、船《ふね》から落《お》ちたものでしょう。

アンネ・リスベットは、なおも、近《ちか》づいていきました。立《た》ちどまって、それをながめました。―おや、まあ、横《よこ》横《よこ》たわっているのは、なんでしょう？　一瞬《いっしゅん》、アンネ・リスベットは、ぎょっとしました。けれども、よくよく見《み》れば、べつに、びっくりするほどのものではありません。海草《かいそう》とヨシが、大《おお》きな細長《ほそなが》い石《いし》の上《うえ》に、まつわりついているだけではありませんか。もっとも、それが、人間《にんげん》のからだそっくりに見《み》えたのです。

ただの海草《かいそう》と、ヨシにすぎませんが、それでも、アンネ・リスベットは、すっかり、おどろいてしまいました。なおも、先《さき》へ歩《ある》いていくうちに、今度《こんど》は、子供《こども》のころ聞《き》いた話《はなし》が、いろいろ頭《あたま》に浮《うか》んできました。

たとえば、「浜《はま》のゆうれい」についての迷信《めいしん》です。これは、さびしい海《うみ》べに打《う》ちあげられて、ほうむられずに、そのままになっている、死人《しびと》のゆうれいの話《はなし》です。それから、「浜《はま》にさらされたもの」というのも、あります。それこちらは、死《し》んだ人《ひと》の、からだのことです。べつに、だれにも、わるいことをするわけではありません。ところが、「浜《はま》のゆうれい」のほうは、旅人《たびびと》が海《うみ》べを、ひとりきりで歩《ある》いていると、そのあとをつけてきます。そして、その人《ひと》の背中《せなか》に、しっかりとしがみついて、

「どうか、墓地《ぼち》へ、連《つ》れていってください。ちゃんと、教会《きょうかい》の土《つち》の中《なか》にうめてください」と、たのむそうです。そのときに、「つかまろう、つかまろう」と、言《い》うのだそうです。

アンネ・リスベットは、なんの気《き》なしに、この言葉《ことば》をくりかえして、つぶやきました。と、とつぜん、昼間見《ひるまみ》た夢《ゆめ》が、はっきりと、目《め》の前《まえ》に浮《う》かんできました。夢《ゆめ》の中《なか》

では、大《おお》ぜいの母親《ははおや》が、「つかまろう、つかまろう」と、さけびながら、しがみついてきたのです。世界《せかい》はしずみ、はだ着《ぎ》のそではちぎれて、自分《じぶん》は、子供《こども》の天使《てんし》の手《て》から離《はな》れて、落《お》ちていったのです。その天使《てんし》は、最後《さいご》のさばきのときに、自分《じぶん》を天国《てんごく》へと引《ひ》きあげにきてくれたのですが。

いっぽう、自分《じぶん》の子《こ》、血《ち》をわけた、自分《じぶん》のほんとうの子《こ》は、どうでしょう。その子《こ》は、いま、海《うみ》の底《そこ》に横《よこ》たわっているのです。一度《いちど》も、愛《あい》したことのない、いいえ、それどころか、思《おも》ってさえもみたことのない子《こ》です。もしかしたら、その子《こ》が、浜《はま》のゆうれいとなって出《で》てきて、「つかまろう、つかまろう。墓地《ぼち》へ、連《つ》れていってください」
と、さけぶかもしれません。
こんなことを考《かんが》えると、なんだか、心配《しんぱい》でたまらなく
なってきました。ぐんぐん、足《あし》を速《はや》めました。おそろし
さが、つめたい、ぬらぬらした手《て》のように、せまってき
ました。みぞおちの上《うえ》に、しっかりとくっつきました。
アンネ・リスベットは、もうすこしで、気《き》が遠《とお》くなりそ
うでした。
海《うみ》の上《うえ》をながめると、なんだか、ぼうっと、かすんで
きました。こい霧《きり》が、押《お》しよせてきて、草《くさ》むらや木々《きぎ》の
まわりに、からみつきました。すると、その草《くさ》むらや、木々《きぎ》

は、なんともいえない、気味《きみ》のわるい形《かたち》になりました。お月《つき》さまを見《み》ようとして、うしろをふりかえってみました。お月《つき》さまは、光《ひかり》をうしなった、青白《あおじろ》いえんばんみたいです。

そのとき、何《なに》かおもたいものが、手《て》や足《あし》にくっついてきました。「つかまろう、つかまろう」という、あのゆうれいだな、と心《こころ》の中《なか》で思《おも》いました。

もう一度《いちど》、ふりむいて、お月《つき》さまを見《み》ると、お月《つき》さまの青白《あおじろ》い顔《かお》が、まるで、すぐ目《め》の前《まえ》にせまっているようです。霧《きり》が、白《しろ》いリンネルのように、肩《かた》にかかってきました。そのとき、「つかまろう、つかまろう。墓地《ぼち》へ、連《つ》れていってください」という声《こえ》が、したようです。それといっしょに、すぐ近《ちか》くで、うつろな声《こえ》がしました。沼《ぬま》のカエルや、カラスどもの声《こえ》ではありません。なぜなら、そんなものの姿《すがた》は、どこにも見《み》えないのですから。

するど、今度《こんど》は、「わたしを、ちゃんと、土《つち》の中《なか》に、うめてください。ちゃんと、土《つち》の中《なか》に、うめてください」という声《こえ》が、はっきり、聞《きこ》えてきたではありませんか。たしかに、これは、海《うみ》の底《そこ》に横《よこ》たわっている、自分《じぶん》の子供《ども》が、浜《はま》のゆうれいとなって、出《で》てきたのにちがいありません。この子《こ》は、墓地《ぼち》に連《つ》れていって、教会《きょうかい》の土《つち》の中《なか》に、ちゃんとうめてやらないうちは、心《こころ》の平和《へいわ》がえられないのです。

そこで、アンネ・リスベットは、墓地《ぼち》へ子供《こども》を連《つ》れていって、うめてやろうと思《おも》いました。教会《きょうかい》のあるほうにむかって、歩《ある》きだしました。ところが、しばらく歩《ある》いていくと、しがみついているゆうれいが、だんだん軽《かる》くなってきました。しまいには、とうとう、重《おも》みを感《かん》じなくなってしまいました。

そこで、アンネ・リスベットは、また考《かんが》えをかえて、さっきの近道《ちかみち》に引《ひ》きかえそうとしました。ところが、そのとたんに、また、あのゆうれいに、しっかりと、しがみつかれてしまいました。「つかまろう、つかまろう」そういう声《こえ》は、まるで、カエルの鳴《な》き声《ごえ》のようでした。悲《かな》しそうな、鳥《とり》の鳴《な》き声《ごえ》のようでもありました。しかし、たしかに、はっきりと聞《きこ》えました。「わたしを、ちゃんと、土《つち》の中《なか》に、うめてください。ちゃんと、土《つち》の中《なか》に、うめてください」

霧《きり》は、つめたく、ぬらぬらしていました。けれども、アンネ・リスベットの手《て》や顔《かお》が、つめたく、ぬらぬらしていたのは、そのためではありません。おそろしさのためだったのです。アンネ・リスベットは、おそろしさを、ひしひしと身《み》に感《かん》じました。心《こころ》のうちには、大《おお》きな場所《ばしょ》が、ぽっかり口《くち》を開《ひら》きました。そこに、今《いま》まで、一度《いちど》も感《かん》じたことのない、考《かんが》えがあらわれてきました。

北《きた》の国《くに》のデンマークでは、春《はる》になると、たった一晩《ひとばん》のうちに、ブナの森《もり》が、いっせいに、みどりの芽《め》を出《だ》すことがあります。そして、あくる日《ひ》、お日《ひ》さまの光《ひかり》を受《う》けると、若々《わかわか》しい美《うつく》しさに、光《ひか》りかがやくことがあります。わたしたちの生活《せいかつ》の中《なか》に、まかれている罪《つみ》のたねも、それと同《おな》じように、あっというまにふくらんで、考《かんが》えや言《こと》葉《ば》や、行《おこな》いのうちに、芽《め》を出《だ》すことがあります。良心《りょうしん》が目《め》をさますと、それは、またたくうちに、ぐんぐんのびて大《おお》きくなります。

神《かみ》さまは、わたしたちが思《おも》いもしないときに、良心《りょうしん》を呼《よ》びさまします。そうなれば、もう、言《い》いわけはゆるされません。行《おこな》いが証明《しょうめい》となり、考《かんが》えは言葉《ことば》となって、その言葉《ことば》は、広《ひろ》く世《よ》の中《なか》にひびきわたるのです。わたしたちは、こういうものが、自分《じぶん》のうちにあって、しかも、よく、押《お》しころされなかったものだと、おどろきます。また、わたしたちは、ごうまんな気持《きもち》から、考《かんが》えなしにまきちらしたものを見《み》て、おどろきます。心《こころ》の中《なか》には、徳《とく》も、ひそんでいます。そのいっぽう、悪《あく》も、ひそんでいます。それらは、どんなひどい土地《とち》でも、芽《め》を出《だ》して、のびていくものです。

今《いま》、ここに言《い》いあらわしたことが、アンネ・リスベットの頭《あたま》の中《なか》に、芽《め》を出《だ》してきました。アンネ・リスベットは、おそろしさにうちのめされて、地《じ》べたにくずおれました。しばらくは、ただ、そのまま、地《じ》べたをはっていきました。

「わたしを、地《ち》の中《なか》にうめてください。地《ち》の中《なか》にうめてください」という声《こえ》がしました。アンネ・リスベットは、いっそ、自分《じぶん》を、地《ち》の中《なか》にうめてしまいたいと思《おも》いました。もしも、お墓《はか》にはいることによって、なにもかも忘《わす》れることができるものならば。――

アンネ・リスベットにとっては、しんけんに目《め》ざめる、ひとときでした。もちろん、おそろしさと、不安《ふあん》とは、つきまとっています。迷信《めいしん》は、アンネ・リスベットの血《ち》を、ときには、つめたくひやし、ときには、あつく燃《も》やしました。今《いま》まで、口《くち》にしたこともないようなことが、つぎつぎと、頭《あたま》に浮《う》かんできました。まぼろしのようなものが、お月《つき》さまの光《ひかり》をうけた、雲《くも》のかげのように、音《おと》もなくそばを通《とお》りすぎました。それは、前《まえ》に、話《はなし》には聞《き》いていたものです。

四頭《よんとう》のウマが、目《め》や鼻《はな》からほのおをはきながら、燃《も》える馬車《ばしゃ》を、ひいていました。馬車《ばしゃ》の中《なか》には、何百年《なんびゃくねん》も前《まえ》に、このあたりをおさめていた、わるい殿《との》さまが乗《の》っていました。なんでも、この殿《との》さまは、毎晩《まいばん》、ま夜中《よなか》に馬《ば》車《しゃ》に乗《の》って、自分《じぶん》の領地《りょうち》に行《ゆ》き、すぐまた引《ひ》きかえすのだという話《はなし》です。けれども、この殿《との》さまは、わたしたちが、よく、死神《しにがみ》について思《おも》い浮《うか》べるように、青白《あおじろ》くはありません。それどころか、炭《すみ》のように、それも、火《ひ》の消《き》えた炭《すみ》のように、まっ黒《くろ》でした。

殿《との》さまは、アンネ・リスベットにむかって、うなずいて手《て》まねきしました。

「つかまろう、つかまろう。そうすれば、また、伯爵《はくしゃく》の馬車《ばしゃ》に乗《の》って、自分《じぶん》の子供《こども》のことも、忘《わす》れられるぞ」

アンネ・リスベットは、いっそう、足《あし》を速《はや》めました。墓地《ぼち》にたどりつきました。ところが、黒《くろ》い十字架《じゅうじか》と、黒《くろ》いカラスたちが、目《め》の前《まえ》に入《い》りみだれていて、その見《み》わけが、はっきりとつきません。カラスたちは、昼間《ひるま》と同《おな》じように、カー、カー、鳴《な》きさけんでいます。けれども、いまは、ようやく、カラスたちの言《い》おうとしている意味《いみ》が、わかりました。

「わたしは、カラスのおかあさん。わたしは、カラスのおかあさん」と、カラスたちは、口々《くちぐち》にさけんでいるのでした。

カラスのおかあさんは、子供《こども》が、まだ飛《と》べないうちに、巣《す》からつき落《おと》すということです。それで、カラスのおかあさんというのは、なさけしらずのひどいおかあさんのことなのです。アンネ・リスベットは、自分《じぶん》も、カラスのおかあさんと同《おな》じだと、気《き》がつきました。きっと、いまに、自分《じぶん》も、こういう黒《くろ》いカラスに、かえられてしまうでしょう。そして、お墓《はか》がほってやれないといって、このカラスたちと同《おな》じように、しょっちゅう、鳴《な》きわめかなければならないかもしれません。

はっとして、アンネ・リスベットは、地《じ》べたに身《み》を投《な》げだし、かたい土《つち》を、手《て》でほりはじめました。たちまち、指《ゆび》からは血《ち》がほとばしり出《で》ました。

「わたしを、地《ち》の中《なか》にうめてください。地《ち》の中《なか》にうめてください」という声《こえ》が、たえず聞《きこ》えました。

アンネ・リスベットは、ニワトリが鳴《な》いて、東《ひがし》の空《そら》が赤《あか》くそまってくるのを、おそれました。なぜって、それまでに、自《じ》分《ぶん》の仕《し》事《ごと》をやりおえないと、なにもかも、だめになってしまうのです。

そのとき、ニワトリが鳴《な》いて、東《ひがし》の空《そら》が赤《あか》くなってきました。──けれども、お墓《はか》はまだ、半分《はんぶん》しかほれていないのです。氷《こおり》のようにつめたい手《て》が、頭《あたま》から顔《かお》へすべりおりて、胸《むね》までさがってきました。

「お墓《はか》は、まだ、やっと半分《はんぶん》！」と、ため息《いき》まじりに、言《い》う声《こえ》がしました。なにかが、アンネ・リスベットのからだから、ふわふわと離《はな》れて、海《うみ》の底《そこ》へもどっていきました。いうまでもなく、浜《はま》のゆうれいです。アンネ・リスベットは、打《う》ちのめされて、地《じ》べたにたおれました。もう、考《かんが》える力《ちから》も、感《かん》じる力《ちから》も、ありません。

アンネ・リスベットが、気《き》がついたときには、もう、すっかり明《あか》るくなっていました。ふたりの男《おとこ》が、自分《じぶん》をだきおこしてくれています。見《み》れば、そこは墓地《ぼち》ではなくて、海《うみ》べでした。しかも、その海《うみ》べの砂《すな》の中《なか》に、アンネ・リスベットは、深《ふか》い穴《あな》をほっていたのです。それに、指《ゆび》もけがをして、血《ち》が出《で》ていました。青《あお》くぬった、木《き》の足《あし》のコップがくだけていて、それで、指《ゆび》を切《き》ったのです。

アンネ・リスベットは、病気《びょうき》でした。良心《りょうしん》のカードの中《なか》に、迷信《めいしん》のカードがまぜられて、その中《なか》から一枚《いちまい》、引《ひ》きぬかれたのです。そのため、いまは、はんぶんの魂《たましい》しか、持《も》っていませんでした。あとのはんぶんは、自分《じぶん》の子供《こども》が、海《うみ》の底《そこ》に持《も》っていってしまったのです。その魂《たましい》のはんぶんは、いま、海《うみ》の底《そこ》に、しっかりと、しばりつけられていますす。それを取《と》りもどさないうちは、天国《てんごく》にのぼっていって、神《かみ》さまのおめぐみを受《う》けることはできないでしょう。

アンネ・リスベットは、やっとの思《おも》いで、家《いえ》に帰《かえ》ってきました。けれども、今《いま》までとは、がらりと、人《ひと》がかわってしまいました。頭《あたま》の中《なか》は、もつれた糸玉《いとだま》のように、もつれにもつれていました。けれどもその中《なか》を、一《ひと》つの考《かんが》えだけが、はっきりとつらぬいていました。それは、浜《はま》のゆうれいを教会《きょうかい》の墓地《ぼち》に連《つ》れていって、お墓《はか》をほってやり、そうすることによって、魂《たましい》の全部《ぜんぶ》をとりもどすということでした。

アンネ・リスベットは、幾晩《いくばん》も、幾晩《いくばん》も、家《いえ》から、姿《すがた》をけすようになりました。そういうときには、きまって、海《うみ》べにいるところを、人《ひと》に見《み》つけられました。もちろん、アンネ・リスベットは、浜《はま》のゆうれいが出《で》てくるのを、待《ま》っていたのです。

こんなふうにして、まる一年《いちねん》たちました。

ある晩《ばん》のこと、とつぜん、アンネ・リスベットは、また、姿《すがた》をけしてしまいました。ところが、今度《こんど》は、なかなか、見《み》つからないのです。あくる日《ひ》は、一日《いちにち》じゅう、みんなで、さがしまわりました。でも、やっぱり、だめでした。

夕方《ゆうがた》になって、役僧《やくそう》が、夕《ゆう》べの鐘《かね》を鳴《な》らすために、教会《きょうかい》の中《なか》へはいっていきました。ふと見《み》ると、聖壇《せいだん》の前《まえ》に、アンネ・リスベットが、ひざまずいているではありませんか。アンネ・リスベットは、朝早《あさはや》くから、ずっとここにいたのです。からだの力《ちから》は、もう、ほとんど抜《ぬ》けきっているようでした。けれども、目《め》は光《ひか》りかがやき、顔《かお》にも生《い》き生《い》きとした、赤《あか》みがさしています。お日《ひ》さまの最《さい》後《ご》の光《ひかり》が、アンネ・リスベットの上《うえ》を照《て》らしました。聖《せい》壇《だん》の上《うえ》にひろげられている聖書《せいしょ》のかざり金《がね》を、キラキラと照《て》らしました。そこには、預言者《よげんしゃ》ヨエルの言葉《ことば》が書《か》いてありました。「なんじら、ころもをさかずして、心《こころ》をさき、なんじらの神《かみ》にかえるべし」——

「それは、ぐうぜんだよ」と、人々《ひとびと》は言《い》いました。世《よ》の中《なか》のたいていのことは、ぐうぜんだと言《い》われるものですね。

お日《ひ》さまに照《て》らされているアンネ・リスベットの顔《かお》には、はっきりと、平和《へいわ》とおめぐみが、あらわれていました。

「とても、よい気持《きもち》です」と、アンネ・リスベットは、言《い》いました。

とうとう、アンネ・リスベットは、うちかったのです。ゆうべは、自分《じぶん》の子供《こども》の、浜《はま》のゆうれいがそばにやってきて、こう言《い》いました。

「おかあさん。あなたはぼくのために、お墓《はか》をはんぶんしか、ほってくれませんでした。でも、この一年間《いちねんかん》というものは、あなたの心《こころ》の中《なか》に、しっかりと、ぼくを入《い》れておいてくれましたね。子供《こども》にとっては、おかあさんが、自分《じぶん》の心《こころ》の中《なか》に、入《い》れておいてくれるのが、なによりもうれしいことなんですよ」

こう言《い》って、前《まえ》にとっていった魂《たましい》のはんぶんを、アンネ・リスベットにかえしました。それから、アンネ・リスベットを、この教会《きょうかい》に案内《あんない》してきたのです。

「いまは、わたしは、神《かみ》さまのおうちにいます。ここでは、どんな人《ひと》も、しあわせです」と、アンネ・リスベットは言《い》いました。

お日《ひ》さまが、すっかりしずみました。そのとき、アンネ・リスベットの魂《たましい》は、高《たか》く高《たか》く、天《てん》にのぼっていきました。そこでは、もうおそろしいと思《おも》うことはありません。この世《よ》で、りっぱにたたかいぬいた人《ひと》にとってはです。アンネ・リスベットこそ、そういう、りっぱにたたかいぬいた人《ひと》なのです。

【凡例】

・本編「アンネ・リスベット」は、青空文庫作成の文字データを使用した。

底本：「人魚の姫　アンデルセン童話集Ｉ」新潮文庫、新潮社

１９６７（昭和42）年12月10日発行

１９８９（平成元）年11月15日34刷改版

２０１１（平成23）年９月５日48刷

入力：チエコ

校正：木下聡

２０２１年３月27日作成

・文字遣いは、青空文庫のデータによる。

・この作品には、今日からみれば不適切と思われる表現が含まれているが、作品の描かれた時代と、作品本来の価値に鑑み、底本のままとした。

・ルビは、青空文庫のものに加えて、新字新仮名のルビを付し、総ルビとした。

・追加したルビには文字遣いの他、読み方など格段の基準は設けていない。

イーダちゃんのお花《はな》

「あたしのお花《はな》がね、かわいそうに、すっかりしぼんでしまったのよ」と、イーダちゃんが言《い》いました。「ゆうべは、とってもきれいだったのに、今《いま》は、どの花《はな》びらも、みんなしおれているの。どうしてかしら?」

イーダちゃんは、ソファに腰《こし》かけている学生《がくせい》さんに、こうたずねました。イーダちゃんは、この学生《がくせい》さんが大《だい》好《す》きでした。だって、学生《がくせい》さんは、それはそれはおもしろいお話《はなし》を、たくさんしてくれますからね。それに、おもしろい絵《え》も、いろいろ、切《き》りぬいてくれるのです。たとえば、ハート形《がた》の中《なか》で、かわいらしい女《おんな》の人《ひと》たちがダンスをしているところだの、いろいろなお花《はな》だの、それから、戸《と》のあいたりしまったりする大《おお》きなお城《しろ》だのを。ほんとうに、ゆかいな学生《がくせい》さんでした！

「きょうは、お花《はな》たち、どうしてこんなに元気《げんき》がないの？」と、イーダちゃんは、もう一度《いちど》聞《き》きながら、すっかりしおれている花《はな》たばを見《み》せました。

「うん、お花《はな》たちはね、気持《きもち》がわるいんだよ」と、学《がく》生《せい》さんは言《い》いました。「みんな、ゆうべ、舞踏会《ぶとうかい》へ行《い》っていたんで、きょうは、くたびれて、頭《あたま》をぐったりたれているのさ」

「でも、お花《はな》は、ダンスなんかできやしないわ」と、イーダちゃんは言《い》いました。

「ところが、できるんだよ」と、学生《がくせい》さんは言《い》いました。「あたりが暗《くら》くなってね、ぼくたちみんなが寝《ね》てしまうと、おもしろそうにとびまわるんだよ。毎晩《まいばん》のように、舞踏会《ぶとうかい》を開《ひら》いているんだから」

「その舞踏会《ぶとうかい》へは、子供《こども》は行《い》けないの？」

「行《い》けるとも」と、学生《がくせい》さんは言《い》いました。「ちっちゃなヒナギクや、スズランだってね」

「いちばんきれいなお花《はな》たちは、どこでダンスをするの？」と、イーダちゃんがたずねました。

「イーダちゃんは、町《まち》の門《もん》の外《そと》にある、大《おお》きなお城《しろ》へ行《い》ったことがあるだろう。ほら、夏《なつ》になると、王《おう》さまがおすまいになるところ。お花《はな》がたくさん咲《さ》いているお庭《にわ》もあったじゃないの。あそこのお池《いけ》には、ハクチョウもいたね。イーダちゃんがパンくずをやると、みんな、イーダちゃんのほうへおよいできたっけね。あそこで舞踏会《ぶとうかい》があるんだよ。ほんとうだよ」

「あたし、きのう、おかあさんといっしょに、あのお庭《にわ》へ行《い》ったのよ」と、イーダちゃんは言《い》いました。「でも、木《こ》の葉《は》は、すっかり落《お》ちてしまって、お花《はな》なんか一《ひと》つもなかったわ。みんな、どこへ行《い》っちゃったのかしら。夏《なつ》、行《い》ったときには、あんなにたくさんあったのに」

「みんな、お城《しろ》の中《なか》にいるんだよ」と、学生《がくせい》さんは言《い》いました。「王《おう》さまやお役人《やくにん》たちが町《まち》へ帰《かえ》ってしまうとね、お花《はな》たちは、すぐにお庭《にわ》からお城《しろ》の中《なか》へかけこんで、ゆかいにあそぶんだよ。イーダちゃんに、そういうところを一度《いちど》見《み》せてあげたいねえ。いちばんきれいなバラの花《はな》が二《ふた》つ、玉座《ぎょくざ》について、王《おう》さまとお妃《きさき》さまになるの。すると、まっかなケイトウが、両側《りょうがわ》にずらりと並《なら》んで、おじぎをするよ。これが、おつきのものというわけさ。

それから、すごくきれいなお花《はな》たちが、あとからあとからはいってくる。さて、そこで、いよいよ大舞踏会《だいぶとうかい》のはじまりはじまり。青《あお》いスミレの花《はな》は、かわいらしい海軍士官《かいぐんしかん》の候補生《こうほせい》で、ヒヤシンスやサフランに、『お嬢《じょう》さん』と呼《よ》びかけては、ダンスにさそうんだよ。チューリップや大《おお》きな黄色《きいろ》いユリの花《はな》は、お年《とし》よりの奥《おく》さまがたで、みんなじょうずに踊《おど》って、舞踏会《ぶとうかい》がうまくいくようにと、気《き》をつけているんだよ」

「でもね、お花《はな》たちは、王《おう》さまのお城《しろ》でダンスなんかして、だれにもしかられないの？」と、イーダちゃんはたずねました。

「ちゃあんと、それを見《み》た人《ひと》がないからねえ」と、学《がく》生《せい》さんは言《い》いました。「夜《よる》になると、ときどき、年《とし》とった番人《ばんにん》が、見《み》まわりにやってくるよ。大《おお》きなかぎたばを持《も》ってね。だけど、そのかぎたばのガチャガチャいう音《おと》が聞《きこ》えると、お花《はな》たちはすぐにひっそりとなって、長《なが》いカーテンのうしろにかくれてしまうんだよ。そして、カーテンのすきまから顔《かお》だけそっと出《だ》して、のぞいているの。そうすると、年《とし》よりの番人《ばんにん》は、『おやおや、ここには花《はな》があるんだな。ぷんぷんにおうぞ』と言《い》うけれども、なんにも見《み》えやしないのさ」

「まあ、おもしろい!」と、イーダちゃんは手《て》をたたいて、言《い》いました。「じゃ、あたしにもお花《はな》は見《み》えないかしら？」

「見《み》えるさ」と、学生《がくせい》さんは言《い》いました。「今度行《こんどい》ったら、忘《わす》れないで、窓《まど》からのぞいてごらん。そうすれば、きっと見《み》えるからね。ぼくが、きょう、のぞいてみたら、長《なが》い黄色《きいろ》いスイセンが、ソファに長々《ながなが》と横《よこ》になっていたよ。あれは、女官《にょかん》なんだねえ」

「植物園《しょくぶつえん》のお花《はな》たちも行《い》けるの？　遠《とお》い道《みち》を歩《ある》いていける？」

「もちろん、行《い》けるよ」と、学生《がくせい》さんは言《い》いました。「行《い》きたいと思《おも》えば、飛《と》んでいけるんだからね。イーダちゃんは、赤《あか》いのや、黄色《きいろ》いのや、白《しろ》いのや、いろんな色《いろ》の、きれいなチョウチョウを見《み》たことがあるだろう。まるで、お花《はな》のようだね。ところが、ほんとうは、あれもお花《はな》だったんだよ。だって、お花《はな》たちが、くきからはなれて、空《そら》に飛《と》びあがり、ちょうど小《ちい》さな羽《はね》を動《うご》かすように、花《はな》びらをひらひらさせると、舞《ま》えるようになるんだもの。そうして、じょうずに飛《と》べるようになると、今《こん》度《ど》は、昼《ひる》間《ま》でも、飛《と》んでいいというおゆるしがもらえるんだよ。そうなれば、うちへもどって、くきの上《うえ》にじっとすわっていなくてもいいの。こうして、花《はな》びらは、やがては、ほんものの羽《はね》になってしまうんだよ。イーダちゃんが見《み》ているのは、それなのさ。

だけどね、ひょっとしたら、植物園《しょくぶつえん》のお花《はな》たちは、まだ王《おう》さまのお城《しろ》へ行《い》ったことがないかもしれないよ。いや、もしかしたら、毎晩《まいばん》、そんなおもしろいことがあるのを知《し》らないかもしれないよ。

そうだ、イーダちゃんにいいこと教《おし》えてあげよう。きっと、あの人《ひと》、びっくりするよ。ほら、おとなりに住《す》んでる植物《しょくぶつ》の先生《せんせい》さ。イーダちゃんも知《し》ってるね。今度《こんど》、先《せん》生《せい》のお庭《にわ》へ行《い》ったら、お花《はな》の中《なか》のどれか一《ひと》つに、『お城《しろ》で、大《おお》きな舞踏会《ぶとうかい》があるわよ』って言《い》ってごらん。そうすれば、そのお花《はな》がほかのお花《はな》たちにおしゃべりして、みんなで飛《と》んでいってしまうよ。だから、先生《せんせい》がお庭《にわ》へ出《で》てきても、お花《はな》は一《ひと》つもないってわけさ。でも、先生《せんせい》には、お花《はな》たちがどこへ行《い》ってしまったのか、さっぱりわからないんだよ」

「でも、お花《はな》たちは、どうしてお話《はなし》ができるの？　口《くち》がきけないのに」

「うん、たしかに、口《くち》はきけないね」と、学生《がくせい》さんは答《こた》えました。「だけど、お花《はな》たちは身《み》ぶりで話《はな》せるんだよ。イーダちゃん、知《し》ってるだろう。ほら、風《かぜ》がそよそよと吹《ふ》いてくると、お花《はな》たちがうなずいたり、青《あお》い葉《は》っぱがゆれたりするじゃないの。あれが、お花《はな》たちの言葉《ことば》なんだよ。ぼくたちがおしゃべりするのとおんなじなんだよ」

「植物《しょくぶつ》の先生《せんせい》には、お花《はな》たちの身《み》ぶりの言葉《ことば》がわかる？」と、イーダちゃんはたずねました。

「むろん、わかるさ。ある朝《あさ》のこと、先生《せんせい》がお庭《にわ》に出《で》ると、大《おお》きなイラクサがきれいな赤《あか》いカーネーションにむかって、葉《は》っぱで身《み》ぶりのお話《はなし》をしていたんだって。イラクサは、こんなことを言《い》ってたんだよ。『きみは、とってもかわいらしいね。ぼくは、きみが大好《だいす》きだよ』ところが、先生《せんせい》はそんなことは大《だい》きらい。それで、すぐにイラクサの葉《は》をぶったのさ。なぜって、葉《は》は、ぼくたちの指《ゆび》みたいなものだからね。そしたら、ぶった先生《せんせい》の手《て》が、ひりひりと痛《いた》くなってきたんだよ。だから、先《せん》生《せん》は、それっきり、イラクサにはさわらないことにしているんだってさ」

「まあ、おかしい!」と、イーダちゃんは笑《わら》いました。

すると、そのときです。

「そんなでたらめを、子供《こども》に教《おし》えちゃいかん」と、ソファに腰《こし》をおろしていた、お客《きゃく》さまの、こうるさいお役《やく》人《にん》が言《い》いだしました。この人《ひと》は、学生《がくせい》さんが大《だい》きらいで、学生《がくせい》さんがふざけた、おもしろおかしい絵《え》を切《き》りぬいているのを見《み》ると、いつもぶつぶつ言《い》うのでした。もっとも、その絵《え》というのは、たいへんなもの。たとえば、心《こころ》のどろぼうというわけで、ひとりの男《おとこ》が首《くび》つり台《だい》にぶらさがって、手《て》に心臓《しんぞう》を持《も》っているところとか、年《とし》とった魔女《まじょ》がほうきの上《うえ》にまたがって、だんなさんを鼻《はな》の上《うえ》に乗《の》っけているところ、といったようなものでした。それで、お役人《やくにん》は、こういうものが大《だい》きらいでした。それで、さっきのように言《い》うのでした。

「そんなでたらめを教《おし》えちゃいかん。そんなばかばかしい、ありもしないことを！」

けれども、イーダちゃんには、学生《がくせい》さんのしてくれたお花《はな》の話《はなし》が、とってもおもしろく思《おも》われました。それで、お花《はな》のことばかり考《かんが》えていました。お花《はな》たちは、頭《あたま》をぐったりたれています。それというのも、ゆうべ一晩《ひとばん》じゅう、ダンスをして、つかれきっているからです。きっと、病気《びょうき》なのでしょう。

そこで、イーダちゃんはお花《はな》を持《も》って、ほかのおもちゃのところへ行《い》きました。おもちゃたちは、きれいな、かわいいテーブルの上《うえ》にならんでいましたが、引出《ひきだ》しの中《なか》にも、きれいなものがいっぱいつまっていました。お人《にん》形《ぎょう》のベッドには、お人形《にんぎょう》のソフィーが眠《ねむ》っていました。でも、イーダちゃんはソフィーにむかって、こう言《い》いました。

「ソフィーちゃん、起《お》っきしてちょうだい。あなた、お気《き》の毒《どく》だけど、今夜《こんや》は、引出《ひきだ》しの中《なか》で、がまんしてね・・・ねんねしてちょうだいね。かわいそうに、お花《はな》たちが病気《びょうき》なのよ。だから、あなたのベッドに寝《ね》かせてあげてね。そしたら、きっとまた、よくなってよ」

こう言《い》って、イーダちゃんはお人形《にんぎょう》を取《と》り出《だ》しました。けれども、お人形《にんぎょう》はすねたようすをして、ひとことも言《い》いません。なぜって、お人形《にんぎょう》とすれば、自分《じぶん》のベッドを取《と》りあげられてしまったものですから、すっかりおこっていたのです。それから、イーダちゃんはお花《はな》たちをお人形《にんぎょう》のベッドに寝《ね》かせて、小《ちい》さな掛《か》けぶとんを、かけてやりました。そして、

「おとなしくねんねするのよ。いまに、お茶《ちゃ》をこさえてあげましょうね。そしたら、すぐによくなって、あしたは起《お》っきできてよ」と、言《い》いきかせました。

それから、朝《あさ》になっても、お日《ひ》さまの光《ひかり》が目《め》にあたらないように、かわいいベッドのまわりに、カーテンを引《ひ》いてやりました。

その晩《ばん》は、学生《がくせい》さんのしてくれたお話《はなし》のことが、イーダちゃんの頭《あたま》から、一晩《ひとばん》じゅうはなれませんでした。そのうちに、イーダちゃんの寝《ね》る時間《じかん》になりました。イーダちゃんは、寝《ね》るまえに、窓《まど》のまえにたれているカーテンのうしろをのぞいてみました。そこには、おかあさまのきれいなお花《はな》がありました。ヒヤシンスやチューリップです。イーダちゃんは、お花《はな》たちにむかって、そっとささやきました。

「あなたたち、今夜《こんや》、舞踏会《ぶとうかい》へ行《い》くんでしょう。あたし、ちゃんと知《し》ってるわよ」

ところが、お花《はな》たちのほうは、なんにもわからないようなふりをして、葉《は》っぱ一《いち》まい動《うご》かしません。でもイーダちゃんは、自分《じぶん》の言《い》ったとおりにちがいないと思《おも》いました。

イーダちゃんは、ベッドにはいってからも、しばらくのあいだは、寝《ね》たまま、きれいなお花《はな》たちが、王《おう》さまのお城《しろ》でダンスをしているところが見《み》られたら、どんなにすてきだろう、と、そんなことばかり考《かんが》えていました。

「あたしのお花《はな》たちも、ほんとに、あそこへ行《い》ったのかしら？」

けれども、イーダちゃんは、いつのまにか眠《ねむ》ってしまいました。夜中《よなか》に、目《め》がさめました。ちょうど、お花《はな》たちのことや、でたらめなことを教《おし》えるといって、お役人《やくにん》からしかられた学生《がくせい》さんのことを、夢《ゆめ》にみていました。イーダちゃんの寝《ね》ている部屋《へや》は、しーんと静《しず》まりかえっていました。テーブルの上《うえ》に、ランプがついていました。おとうさまとおかあさまは、よく眠《ねむ》っていました。

「あたしのお花《はな》たちは、ソフィーちゃんのベッドに寝《ね》ているかしら？」と、イーダちゃんは、ひとりごとを言《い》いました。「どうしているかしら？」

そこで、イーダちゃんは、ちょっとからだを起《おこ》して、ドアのほうをながめました。ドアは、すこしあいていました。そのむこうに、お花《はな》だの、おもちゃだのが、置《お》いてありました。耳《みみ》をすますと、その部屋《へや》の中《なか》から、ピアノの音《おと》が聞《きこ》えてくるようです。たいそう低《ひく》い音《おと》でしたが、今《いま》までに聞《き》いたことがないくらい、美《うつく》しいひびきでした。

「きっと今《いま》、お花《はな》たちがみんなで、ダンスをしているのね。ああ、ちょっとでいいから、見《み》たいわ」と、イーダちゃんは言《い》いました。でも、起《お》きあがるわけにはいきません。だって、そんなことをすれば、おとうさまとおかあさまが、目《め》をさますかもしれませんもの。

「みんな、こっちへはいってきてくれればいいのに」と、イーダちゃんは言《い》いました。しかし、お花《はな》たちは、はいってきませんし、音楽《おんがく》はあいかわらず美《うつく》しく鳴《な》りつづけています。あんまりすばらしいので、とうとう、イーダちゃんはがまんができなくなりました。小《ちい》さなベッドからすべりおりると、音《おと》をたてないように、そっとドアのほうへしのんでいきました。むこうの部屋《へや》をのぞいてみました。と、まあ、なんというおもしろい光景《こうけい》でしょう!

その部屋《へや》には、ランプは一《ひと》つもついていませんでした。けれども、お月《つき》さまの光《ひかり》が窓《まど》からさしこんで、部屋《へや》のまんなかまで照《て》らしていましたので、部屋《へや》の中《なか》はたいへん明《あか》るくて、まるでま昼《ひる》のようでした。

ヒヤシンスとチューリップが、一《ひと》つのこらず、ずらりと二列《にれつ》にならんでいました。窓《まど》のところには、お花《はな》はもう、一《ひと》つもありません。はちが、からっぽになって、のこっているだけです。床《ゆか》の上《うえ》では、お花《はな》たちが、みんなでぐるぐるまわりながら、いかにもかわいらしげにダンスをしています。そして、くさりの形《かたち》を作《つく》ったり、くるりとまわって、長《なが》いみどりの葉《は》っぱをからみあわせたりしていました。

ピアノにむかって腰《こし》かけているのは、大《おお》きな、黄色《きいろ》いユリの花《はな》です。このお花《はな》は、まちがいなく、イーダちゃんがこの夏見《なつみ》たお花《はな》にちがいありません。なぜって、あのとき、学生《がくせい》さんが、「ねえ、あのお花《はな》は、リーネさんによく似《に》ているじゃないの」といった言葉《ことば》まで、はっきりと思《おも》い出《だ》したのですから。あのときは、学生《がくせい》さんはみんなに笑《わら》われましたが、今《いま》、こうして見《み》ますと、この長《なが》い、黄色《きいろ》いお花《はな》は、ほんとうに、どこから見《み》てもリーネさんにそっくりです。おまけに、ピアノのひきかたまで、よく似《に》ているではありませんか。長《なが》めの黄色《きいろ》い顔《かお》を一方《いっぽう》へかしげるかと思《おも》うと、今度《こんど》は、反対側《はんたいがわ》へかしげたりして、美《うつく》しい音楽《おんがく》に拍子《ひょうし》を合《あわ》せているのです。イーダちゃんがいるのには、だれも気《き》のついたものはありません。

さて今度《こんど》は、大《おお》きな青《あお》いサフランが、おもちゃの置《お》いてあるテーブルの上《うえ》に飛《と》びあがりました。そして、お人形《にんぎょう》のベッドのところへ行《い》って、カーテンをあけました。そこには、病気《びょうき》のお花《はな》たちが寝《ね》ていました。お花《はな》たちは、すぐにからだを起《おこ》して、下《した》にいるお花《はな》たちにむかって、いっしょにダンスをしたいというように、うなずいてみせました。すると、下唇《したくちびる》のない、おじいさんの煙出《けむだ》し人形《にんぎょう》が立《た》ちあがって、このきれいなお花《はな》たちにむかって、おじぎをしました。お花《はな》たちは、もう、病気《びょうき》らしいようすは、どこにもありません。それどころか、ほかのお花《はな》たちの中《なか》へ飛《と》びおりていって、いかにもうれしそうなようすをしていました。

そのとき、なにか、テーブルから落《お》ちたような音《おと》がしました。見《み》れば、謝肉祭《しゃにくさい》のむちが、ちょうど飛《と》びおりたところでした。これも、やっぱり、お花《はな》たちの仲間《なかま》の気《き》でいたのです。ですから、たいそうおしゃれをしていました。頭《あたま》のところには、小《ちい》さなろう人形《にんぎょう》が、あのこうるさいお役人《やくにん》の帽子《ぼうし》にそっくりの、つばの広《ひろ》い帽子《ぼうし》をかぶって、すわっていました。謝肉祭《しゃにくさい》のむちは、赤《あか》くぬった、木《き》の三本足《さんぼんあし》で、お花《はな》たちの中《なか》を飛《と》びまわって、トントンと、床《ゆか》をふみ鳴《な》らしました。こうして、マズルカというダンスを踊《おど》ったのです。でも、このダンスは、ほかのお花《はな》たちにはできません。だって、ほかのお花《はな》たちは、からだが軽《かる》すぎて、トントンと、床《ゆか》をふむことなどはできませんからね。

むちの頭《あたま》のところにすわっていたろう・・人形《にんぎょう》が、みるみる、大《おお》きく、長《なが》くなりました。そして、紙《かみ》で作《つく》ったお花《はな》の上《うえ》を、くるくるまわりながら、

「そんなでたらめを、子供《こども》に教《おし》えてはいかん。そんな

ばかばかしいことを！」と、どなりたてました。そういうろう人形《にんぎょう》のようすは、つばの広《ひろ》い帽子《ぼうし》をかぶったお役《やく》人《にん》にそっくりです。それに、顔《かお》の黄色《きいろ》いところも、おこりっぽいところも、ほんとうによく似《に》ています。ところが、紙《かみ》で作《つく》ったお花《はな》が、ろう・人形《にんぎょう》の細《ほそ》い足《あし》をぶつと、すぐまたちぢこまって、もとどおりのちっぽけなろう・人形《にんぎょう》にもどってしまいました。

ほんとうに、なんておかしいんでしょう！　イーダちゃんは、思《おも》わず、ふき出《だ》してしまいました。謝肉祭《しゃにくさい》のむちは、なおも踊《おど》りつづけました。ですから、お役人《やくにん》はいやでも、いっしょに踊《おど》らなければなりません。

大《おお》きく長《なが》くなって、いばってみても、大《おお》きな黒《くろ》い帽子《ぼうし》をかぶった、ちっぽけな黄色《きいろ》いろう・・人形《にんぎょう》にもどってみても、なんの役《やく》にもたちません。このようすを見《み》ていたほかのお花《はな》たちが、かわって、謝肉祭《しゃにくさい》のむちにたのんでやりました。なかでも、お人形《にんぎょう》のベッドに寝《ね》ていたお花《はな》たちが、いっしょうけんめいたのんでやったのです。それで、謝《しゃ》肉祭《にくさい》のむちも、やっと、踊《おど》るのをやめにしました。

そのとき、引出《ひきだ》しの中《なか》で、トントンと、強《つよ》くたたく音《おと》がしました。そこには、イーダちゃんのお人形《にんぎょう》のソフィーが、たくさんのおもちゃといっしょに寝《ね》ていたのです。煙《けむ》出《だ》し人形《にんぎょう》が、さっそく、テーブルのはしまでかけていって、腹《はら》ばいになって、引出《ひきだ》しをほんのちょっとあけました。すると、ソフィーは立《た》ちあがって、びっくりしたような顔《かお》で、きょろきょろ見《み》まわしました。

「ああら、舞踏会《ぶとうかい》ね。どうして、あたしには、だれも話《はな》してくれなかったの」と、ソフィーは言《い》いました。

「わしと踊《おど》ってくださらんかね？」と、煙出《けむだ》し人形《にんぎょう》がたずねました。

「ふん。おまえさんと踊《おど》ったら、さぞかしすてき・・・でしょうよ」

ソフィーは、こう言《い》うなり、くるりと背中《せなか》を向《む》けてしまいました。そして、引出《ひきだ》しの上《うえ》に腰《こし》をおろして、お花《はな》たちのだれかが、自分《じぶん》のところにやってきて、ダンスのお相手《あいて》をおねがいします、と言《い》うだろうと思《おも》って、待《ま》っていました。ところが、だれもやってこないのです。そこで、オホン、オホンと、せきばらいをしてみました。それでも、やっぱり、だれひとり、きてはくれません。見《み》ると、煙出《けむだ》し人形《にんぎょう》は、ひとりで踊《おど》っていました。けれども、どうしてどうして、なかなかうまいものでした。

ソフィーは、どのお花《はな》も、自分《じぶん》のほうを見《み》てくれないような気《き》がしましたので、思《おも》いきって、引出《ひきだ》しから床《ゆか》の上《うえ》に、ドシンと、飛《と》びおりました。大《おお》きな音《おと》がしました。今度《こんど》は、お花《はな》というお花《はな》が、すぐにかけよってきて、ソ

フィーのまわりをとりまいて、

「どこか、おけがはありませんか?」と、口々《くちぐち》にたずねました。みんなは、たいそうやさしくいたわってくれました。わけても、ソフィーのベッドに寝《ね》ていたお花《はな》たちは、親切《しんせつ》にしてくれました。けれども、ソフィーは、どこもけがしてはいませんでした。イーダちゃんのお花《はな》たちは、

「きれいなベッドを貸《か》してくださって、ありがとう」

と言《い》って、なにかとやさしくしてくれました。そして、お月《つき》さまの光《ひかり》がいっぱいさしこんでいる部屋《へや》のまんなかへ、ソフィーを連《つ》れていって、いっしょにダンスをはじ

めました。そうすると、ほかのお花《はな》たちも、みんなそばへよってきて、ソフィーをとりまいて輪《わ》をつくりました。さあ、こうなると、ソフィーは、うれしくてたまりません。

「あなたたち、もっとあたしのベッドに寝《ね》ていてもいいのよ。あたしは、引出《ひきだ》しの中《なか》で眠《ねむ》ってかまわないんだから」と、言《い》いました。

けれども、お花《はな》たちは言《い》いました。

「まあ、ご親切《しんせつ》にありがとう。でも、あたしたち、もうそんなに長《なが》くは生《い》きていられませんわ。あしたになれば、死《し》んでしまいます。どうか、イーダさんに言《い》ってくださいな。あたしたちを、お庭《にわ》にある、カナリアのお墓《はか》のそばにうめてくださいって。そうすれば、あたしたち、夏《なつ》にはまた大《おお》きくなって、今《いま》よりも、もっときれいになりますわ」

「いいえ、死《し》んじゃいけないわ」と、ソフィーは言《い》って、お花《はな》たちにキスをしました。

するとそのときです。広間《ひろま》のドアがさっとあいて、美《うつく》しいお花《はな》たちが、それはそれはたくさん、踊《おど》りながらはいってきました。いったい、どこから来《き》たのでしょうか。イーダちゃんには、さっぱりわかりません。きっと、みんな、王《おう》さまのお城《しろ》から来《き》たのでしょう。いちばん先《さき》にはいってきたのは、二《ふた》つの美《うつく》しいバラのお花《はな》です。頭《あたま》に、小《ちい》さな金《きん》のかんむりをかぶっていました。これは、王《おう》さまとお妃《きさき》さまです。おつぎは、見《み》るもかわいらしいアラセイトウとカーネーションです。あちらへもこちらへも、おじぎをしました。

今度《こんど》は音楽隊《おんがくたい》です。大《おお》きなケシの花《はな》と、シャクヤクの花《はな》が、顔《かお》をまっかにして、エンドウのさやを吹《ふ》きならしていました。青《あお》いフウリンソウと、小《ちい》さな白《しろ》いマツユキソウとが、まるで、鈴《すず》でも持《も》っているように、チリンチリンと音《おと》をたてながらはいってきました。ほんとうにゆかいな音楽《おんがく》です。そのあとから、まだまだたくさんのお花《はな》がはいってきました。そして、みんなでいっしょに、ダンスをしました。青《あお》いスミレの花《はな》や、赤《あか》いサクラソウも、ヒナギクやスズランも、やってきました。みんなは、おたがいにキスをしあいました。そのありさまは、なんともいえないほどかわいらしいものでした。

そのうちに、とうとうお花《はな》たちは、「おやすみなさい」と、言《い》いあいました。そこで、イーダちゃんも、そっと、自分《じぶん》のベッドの中《なか》へもどって、いま見《み》たことを、のこらず夢《ゆめ》に見《み》ました。

あくる朝《あさ》、イーダちゃんは、起《お》きるとすぐに、テーブルのところへ行《い》ってみました。お花《はな》たちが、ゆうべ置《お》いたとおりになっているかどうか、見《み》ようと思《おも》ったのです。

小《ちい》さなベッドのカーテンを引《ひ》きあけました。と、たしかに、お花《はな》たちはみんな、そこに寝《ね》ています。けれども、イーきのうよりは、ずっとしおれています。ソフィーも、イーダちゃんが入《い》れておいた引出《ひきだ》しの中《なか》に、ちゃんと寝《ね》ています。でも、ずいぶん眠《ねむ》たそうな顔《かお》をしています。

「おまえ、なにか、あたしに言《い》うことがあるんじゃない?」と、イーダちゃんはたずねました。ところが、ソフィーときたら、ひどくぼんやりしていて、ひとことも言《い》わないのです。

「いけない子《こ》ねえ。みんなが、いっしょにダンスをしてくれたじゃないの」

こう言《い》うと、イーダちゃんは、きれいな鳥《とり》の絵《え》がかいてある、紙《かみ》でできた、かわいい箱《はこ》を取《と》り出《だ》しました。そして、その箱《はこ》をあけて、中《なか》に死《し》んだお花《はな》たちを入《い》れました。

「これを、あなたたちのきれいなお棺《かん》にしてあげるわね。いまに、ノルウェーの、いとこのおにいさんたちがきたら、手伝《てつだ》ってもらって、お庭《にわ》にうめてあげてよ。そのかわり、あなたたち、夏《なつ》になったら、また大《おお》きくなって、今《いま》よりもっときれいになってちょうだいね」と、イーダちゃんは言《い》いました。

ノルウェーのいとこのおにいさんたちというのは、ヨナスとアドルフといって、元気《げんき》のいい、ふたりの男《おとこ》の子《こ》でした。ふたりは、おとうさまから、あたらしい石弓《いしゆみ》を一《ひと》つずつ買《か》ってもらいましたので、それをイーダちゃんに見《み》せに、持《も》ってきました。イーダちゃんは、ふたりに、死《し》んだ、かわいそうなお花《はな》たちのことを話《はな》しました。それから、みんなは、かわいそうなお花《はな》のお葬式《そうしき》をしてやってもいいというおゆるしをいただきました。

ふたりの男《おとこ》の子《こ》が、石弓《いしゆみ》を肩《かた》にかついで、先《さき》に立《た》ってすすみました。そのあとから、イーダちゃんが、きれいな箱《はこ》に死《し》んだお花《はな》たちを入《い》れて、ついていきました。みんなで、お庭《にわ》のすみに、小《ちい》さな穴《あな》をほりました。イーダちゃんは、お花《はな》たちにキスをして、それから、箱《はこ》に入《い》れたまま、土《つち》の中《なか》にうめました。あいにく、お葬式《そうしき》のときにうつ、鉄砲《てっぽう》も大砲《たいほう》もありません。そこで、アドルフとヨナスとが、お墓《はか》の上《うえ》で石弓《いしゆみ》を引《ひ》きました。

【凡例】

・本編「イーダちゃんのお花」は、青空文庫作成の文字データを使用した。
底本：「人魚の姫　アンデルセン童話集Ｉ」新潮文庫、新潮社
　１９６７（昭和42）年12月10日発行
　１９８９（平成元）年11月15日34刷改版
　２０１１（平成23）年９月５日48刷
入力：チエコ
校正：木下聡
２０２０年７月27日作成

・この作品には、今日からみれば不適切と思われる表現が含まれているが、作品の描かれた時代と、作品本来の価値に鑑み、底本のままとした。
・文字遣いは、青空文庫のデータによる。
・ルビは、青空文庫のものに加えて、新字新仮名のルビを付し、総ルビとした。
・追加したルビには文字遣いの他、読み方など格段の基準は設けていない。

大活字本シリーズ

海外童話傑作選

アンデルセン④　赤いくつ

2025年3月21日　第1版第1刷発行

著　者　アンデルセン

編　者　三和書籍

発行者　高橋　考

発　行　三和書籍
〒112-0013　東京都文京区音羽2-2-2
電話 03-5395-4630　FAX 03-5395-4632
sanwa@sanwa-co.com
https://www.sanwa-co.com/
印刷／製本　中央精版印刷株式会社

ISBN978-4-86251-576-6 C3097